THE UNDYING

ANNE BOYER

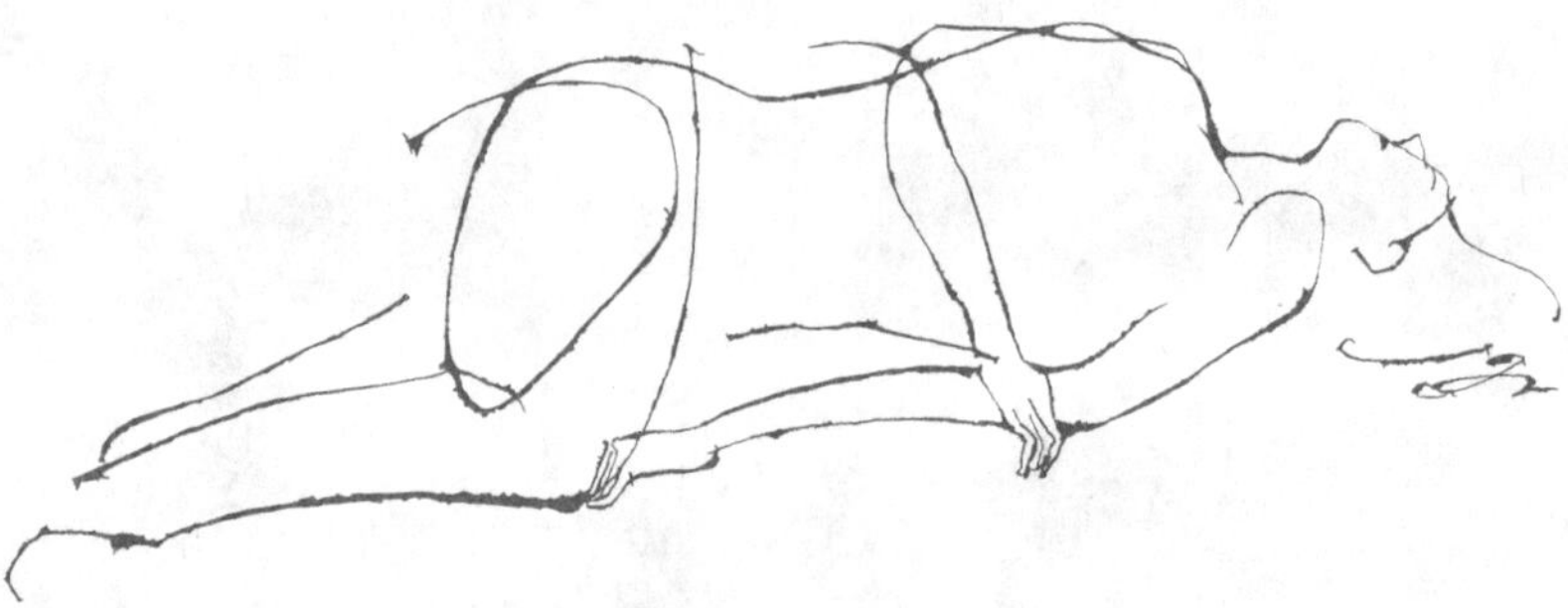

里山社

アンダイング

病を生きる女たちと
生きのびられなかった女たちに捧ぐ抵抗の詩学

アン・ボイヤー

西山敦子訳

Japanese translation rights arranged with
Janklow & Nesbit (UK) Ltd
through Japan UNI Agency, Inc., Tokyo

よしやわたくしに十の舌、十の口があろうとも。

――『イーリアス』[*1]

目次

凡例

一、本書はアン・ボイヤー著 *The Undying : Pain, Vulnerability, Mortality, Medicine, Art, Time, Dreams, Data, Exhaustion, Cancer, and Care*（United States of America : Farrar,Straus and Giroux, 2019）の全訳である。

一、原注は1、2、3…の番号で示し、その内容は章末にまとめた。日本の医療制度や医療技術の進歩により異なる点は適宜加筆した場合がある。

一、訳注は＊1、＊2、＊3…の番号で示し、その内容は章末にまとめた。なお、文中の［ ］は訳者による補足である。

一、文中の引用箇所は、邦訳のあるものは原則として既訳を参照したが、本書の著者の論述の意図や解釈に応じて適宜変更を加えた場合がある。

プロローグ

一九七二年、スーザン・ソンタグはある作品の構想を練っていた。タイトルの候補は『女が死ぬことについて』または『女たちの死』、あるいは『女たちはいかに死ぬか』。日記のなかの「素材」という見出しの下に、彼女は十一の死を箇条書きで並べた。ヴァージニア・ウルフの死、マリー・キュリーの死、ジャンヌ・ダルクの死、ローザ・ルクセンブルクの死、そしてアリス・ジェイムズの死。[1] アリス・ジェイムズは一八九二年、四十三歳のときに乳がんで亡くなった。[*2] ジェイムズもやはり日記のなかで、自分の乳房の腫瘍を「私の胸にある、この好ましからざる御影石のような塊」[2]と描写している。ソンタグは後年、彼女自身が乳がん治療を経て書いた『隠喩としての病い』でその箇所を引用している。ソンタグに乳がんの診断が下ったのは一九七四年、彼女は四十一歳だった。[3]

『隠喩としての病い』で書かれたのは、完全に非個人的なものとしてのがんである。ソンタグは「私」と「がん」の二語を、決して同じ一文のなかに並べなかった。レイチェル・カーソンは一九六〇年に五十三歳で乳がんと診断された。彼女は当時、のちにがんをめぐる文化史において最も重要な文献のひとつとなる『沈黙の春』の執筆過程にあった。一九六四年にがんで他界した彼女が、自身の病気について公に語ったことは一度もない。[4] がん治療中のソンタグの日記について特筆すべきは、その期間に書かれた頻度と量の驚くべき少なさだ。そして少ないながらもそこでは、乳がんによる思考活動への損失が描写されている。特に化学療法がもたらす可能性のある、深刻で長期にわたる認識作用への影響について。ソンタグは書く。「頭の体操をするジムが私には必要」次の記入はそれから何ヶ月も経った、一九七六年六月。「手紙が書けるようになったら、そのときは……[5]」。

ジャクリーヌ・スーザンによる一九六六年の小説『人形の谷間』に登場するジェニファーという人物は、乳房切除を恐れている。そのため乳がんと診断されると、意図的に睡眠薬を大量に飲んで死んでしまう。[6] ジェニファーは言う。「昔から癌という言葉は、死と同じ意味で、恐ろしいものだと思っていたの。いまそれにかかったのよ。でも妙なことに、癌自体はちっとも怖くないの――もう死ぬといわれてもね。ただ、怖いのは、わたしとウィンの生活に対する影響なのよ」。フェミニスト作家のシャーロット・パーキンス・ギルマンも、一九三二年に乳がんと診断され、自ら命を絶っている。「私はがんよりもクロロフォルムによる死を選ぶ[7]」。四十四歳でがんと診断されたジャクリーヌ・スーザンは一九七四年に亡くなった。ソンタグが自身の病気を知ったのと同じ年のことだ。

一九七八年、詩人のオードリ・ロードは四十四歳で乳がんと診断された。ソンタグとは違い、ロードは「私」と「がん」という言葉を並べて書く。特に『キャンサー・ジャーナルズ（がん日記）』[*3]におけるその試みは広く知られている。この本はロードによる病気と治療についての報告であり、また闘いへの呼びかけでもある。「私はこれを、ただ嘆きばかりの記録にしたくない。涙しかない記録に終わらせたくないのだ」。ロードにとって乳がんという危機は「戦士がまたひとつ得た新たな武器を、体を張って試す」[8]ことだった。ロードは一九九二年に乳がんで亡くなっている。

一八一〇年に自分が乳がんであることを知った英国の小説家ファニー・バーニーは、乳房切除についてロードと同じく一人称の記録を書き残している。[9]彼女の乳房は麻酔なしで切除された。つまり手術の間ずっと彼女には意識があったということだ。

> ……何日でも何週間でもなく、実に何ヶ月もの間、あの悲惨な状況を話すたび、まるでもういちどあれを体験しているかのようだった！　考えるだけで苦しみに襲われた。気分が悪くなり、質問されるだけで調子がおかしくなった。あれから九ヶ月たった今でさえ、説明しているだけで頭痛がしてくる。なんて惨めな説明をしなければいけないことか……

「アフォリズムのスタイルで」とソンタグは日記に書き留めている。『隠喩としての病い』でがんをどう書くかを検討している時期の記述だ。[10] 乳がんは、「あの悲惨な状況」を話したり、ひどく「惨めな説明」をしたりするかもしれない「私」と不安定な共生関係にある。その「私」はがんによって消滅する場合もあるが、それよりも先に、その言葉が表象している人間自身が「私」を消してしまう場合もある。ときには自殺という形で。そしてときには「私」と「がん」を同じひとまとまりの思考のなかに置くことを許さない書き手の頑なさによって、こんなふうに消されてしまうのだ……

「〈編集により削除済〉は二〇一四年に四十四歳で乳がんと診断された。」

あるいは

「私は二〇一四年に四十四歳で〈編集により削除済〉と診断された。」

小説家のキャシー・アッカーは一九九六年、四十九歳で乳がんと診断された。「私はこの話を、自分が認識したままの形で語るつもりだ」という書き出しで、いつになく率直な筆致で綴られているのが、ガーディアン紙に掲載されたがんについてのテキスト「病気の贈り物」である。「いまだに妙な感じがする。なぜこれを書くのかわからない。私は情緒的な人間じゃない。おそらく、起きたことをただ言っておくために書いている。」アッカーはなぜ書こうとするのかわからず、それでも書く。「去年の四月、私は乳がんを患っているという宣告を受けた」[11]。アッカーはその病気が原因で一九九七年に亡くなる。診断から十八ヶ月も経たないうちに。

乳がんは乳房組織を持つ誰にでも発生しうる。けれどそれに伴う諸々の厄災の深刻な重みを背負うのは、特に女性たちだ。乳がんにより女性にもたらされうる厄災は、次のような形で現われる。早すぎる死や苦痛を伴う死、生活に支障をきたす治療、生活に支障をきたす後遺症、パートナーを失うこと、収入を失うこと、能力や可能性を失うこと。しかし厄災はさらに、この病気にまつわる次のような社会的弊害を通しても体験される。乳がんをめぐる階級政治、ジェンダーによる線引き、人種の偏りがある死亡数、一貫性のない教訓と粗雑な神秘化がぐるぐると入れ替わる図式。

乳がんほど女性に悲惨な影響をもたらす病気は、ほかに類を見ない。それだけでなく苦痛の大きさという点でも、乳がんに匹敵する病気はほとんどない。そうした苦痛は、病気それ自体についてのものだけではなく、病気について書かれたことや書かれなかったことについて、またはそれについて書くべきか書かざるべきかについて、あるいはいかに書くべきかについてにまで及ぶ。乳がんは、それ自体が形式を乱す問いとして現れる病気なのだ。

そうした形式についての問いに対する答えは、互いに拮抗し合う編集の方法と、そうした編集の解釈や訂正として示されることが多い。黒人のレズビアンでフェミニストの詩人であったオードリ・ロードにとって、編集で消されているのはがんの側であり、この病気の周囲にある沈黙こそが政治への入り口とされる。「私の仕事は、これまで自分が住み着いてきた沈黙に居座り続けることだ。その場所が、明るく晴れた日に聞こえる音や、雷の鳴り響く音で満たされるときまで[12]」。上流階級の白人で文化批評家のスーザン・ソンタグにとっては、編集の対象となるのは個人だ。日記のなかで、のちに『隠喩としての病い』になる作品のタイトル候補を挙げ、その下にこう書いたことからもわかるように。「自分自身についてしか考えないことは、死についての思考に終わる[13]」。

結局は書かれなかった作品のためにソンタグが挙げた四つ目のタイトルは「女と死」だった。彼女は断言する。「女たちはお互いのためには死なない。〈友愛の死〉は存在しないのだ」。けれど私は、ソンタグはまちがっていたと思う。友愛の死とは、たしかに女性たちがお互いのために死ぬことではないかもしれない。それは、それぞれに疎外された場所で起こる並行的な死だ。友愛の死とは、女性であることによって死ななければならない女性のことなのかもしれない。クィア批評家のイヴ・コゾフスキー・セジウィックは、一九九一年に四十一歳で乳がんの診断を受けた。そして乳がん文化における、ときに粗暴とも思えるほど驚異的に強いジェンダーの押しつけについて書いた。宣告を受けた瞬間に考えたことを、セジウィックはこう記している。「ああ最悪。これで私は、結局どうあっても女性、ということになってしまう」[14]。S・ロックラン・ジェインが著作『マリグナント（悪性）』で、「がんのブッチ」という章に書いているように「あるちょっとした病気になったせいで、女性の体を持つがゆえにもたらされる典型的な死を迎えることになるのかもしれない、という脅威にさらされる」[15]のだ。セジウィックは二〇〇九年に乳がんで亡くなった。

ソンタグが主張するように、女性たちはお互いのためには死なないのかもしれない。けれど乳がんによる女性たちの死において、まったく犠牲が払われないわけではない。いま、「アウェアネス（気づき／啓発）」――金儲け主義のピンクリボンに包まれた、「治療」のオルタナティブ――の時代にあって、私たちが公共の利益のために引き渡すよう求められるのは、私たちの生命そのものではなく、私たちの物語、体験談だ。かつてロードは乳がんをとり囲む沈黙に言葉を書き込んでいったが、いまやその場所では乳がんについて発された膨大な量の言葉がざわめいている。私たちの時代の挑戦とは、沈黙を発話で破ることではなく、何かを抹消してしまいがちなこのノイズへの抵抗を作り出す方法を学ぶことである。ソンタグやカーソンは自分たち自身を病気と結びつけることに消極的だったが、いまでは同じ病気を抱える女性たちがそうすることは、ほとんど義務のようになってしまった。

私もアッカーと同じく、情緒的な人間ではないと断言してもいい。次の一文は、情緒的な語りではないが少なくとも観念的な物語の一環として、私と乳がんを結びつけるものだ。

「二〇一四年、四十一歳で私は乳がんと診断された」

そう考えると乳がんにおける形式の問題は、政治的なものでもある。観念的な物語は、いつも私がなぜ語りたいのかわからないのに、それでも語ってしまう物語である。「私」と「乳がん」を含むこの一文は、危険な普遍性を帯びた「アウェアネス」の領域に入っていく。ジェインが描写したように、乳がんを癒す方法を探すうえでの最大の障壁は、もはや沈黙ではない。それは「がんがどこにでもある当たり前のものとされすぎて、逆に目につかないという沼にはまり込んでいる」[16]ことなのだ。

乳がんになった経験を持つ人たちのなかで、ピンクウォッシュされたアウェアネスの世界に受け入れられるのは、きまってある種類の人たちのみだ。つまり、生き延び《サバイブ》ることができた人たち。その勝者たちのもとにだけ、語りという特権がもたらされる。自身の乳がんについて語るということは、すなわちネオリベ的な自己管理によって「生き延びた」経験を語ることなのだ。そうした語りは、個人的になされたささやかだが正しい行い、例えば自己チェックや乳がん検診についてのものだ。あるいは服薬の遵守や五キロのジョギング、オーガニックのグリーンスムージーやポジティブ思考によって病気が治癒した経験についてのもの。エレン・レオポルが自身の乳がん体験を綴った『ア・ダーカー・リボン（暗い色のリボン）』で指摘するように、一九九〇年代のネオリベラリズムの台頭により、乳がんについての語りの慣例に変化が生じた。「外側の世界は、個人的なドラマが展開するために用意された背景と捉えられるようになった」[17]。

自分自身についてしか書かないことは、死についてだけを書くことではない。けれどこうした状況下で自分自身についてしか書かないということは、ある種の死や死に近い状態について、いかなる政治も、集団的アクションも、より大きな歴史も介入しないような、特定的な形で書くということを意味している。乳がん発症をめぐる産業原因論、医学界のミソジニーと人種差別の歴史と慣習、資本主義の信じ難いような利益追求のからくり、乳がんによる闘病と死亡の統計に見られる不均衡な階級上の分布。これらは昨今の一般的な乳がん文学の形式から省かれている部分なのだ。自分自身についてしか書かないことは、死について書くことかもしれない。けれど死を書くことは、すべての人を書くことなのだ。ロードが書いたように。「私は生き延びなかった女性たちの名前のリストを胸に刻み込んで、いつも身につけている。そしていつもそこには、もうひとりのためのスペースが空いている。私自身だ」[18]。

一九七四年、乳がんと診断されたソンタグは日記にこう綴っている。「これまで私の考え方は抽象的すぎ、かつまた具体的すぎた。抽象的すぎる点―死。具体的すぎる点―私」その後、彼女は「抽象的であり具体的でもある」もの、自ら中間概念と呼ぶものの存在を認めた。その概念――抽象と具体、つまり自分自身と自分の死の間に位置するとされるもの――は「女性たち」だ。「それによって」ソンタグは付け加える。「死という宇宙の全像が立ち現われるのを目の当たりにした[19]」。

原注

1 スーザン・ソンタグ『こころは体につられて 日記とノート 1964-1980 下』デイヴィッド・リーフ編、木幡和枝訳、河出書房新社、二〇一四年

2 アリス・ジェイムズ『アリス・ジェイムズの日記』舟阪洋子・中川優子訳、英宝社、二〇一六年（ここでの引用は訳文に変更を加えてある）。

3 スーザン・ソンタグ『隠喩としての病い』富山太佳夫訳、みすず書房、一九八二年。十九頁

4 Ellen Leopold. *A Darker Ribbon: Breast Cancer, Women, and Their Doctors in the Twentieth Century*. Boston: Beacon Press, 2000.

5 ソンタグ『こころは体につられて』二一一頁

6 ジャクリーヌ・スーザン『人形の谷間』井上一夫訳、二見書房、一九七二年 三六四頁

7 Charlotte Perkins Gilman. *The Living of Charlotte Perkins Gilman: An Autobiography*. Salem, N.H.: Ayer,

1987.
8 Audre Lorde. *The Cancer Journals*. San Francisco: Aunt Lute Books, 2006.
9 Fanny Burney, Barbara G. Schrank, and David J. Supino. *The Famous Miss Burney: The Diaries and Letters of Fanny Burney*. New York: John Day, 1976.
10 ソンタグ『こころは体につられて』二二三頁
11 Kathy Acker. “The Gift of Disease.” *The Guardian*, January 18’1997, p. T14.
12 Lorde, *The Cancer Journals*.
13 ソンタグ『こころは体につられて』
14 Eve Kosofsky Sedgwick. *A Dialogue on Love*. Boston: Beacon Press, 2006.
15 S. Lochlann Jain. *Malignant: How Cancer Becomes Us*. Berkeley: University of California Press, 2013.
16 Jain, *Malignant*.
17 Leopold. *A Darker Ribbon.*
18 Lorde, *The Cancer Journals*.
19 ソンタグ『こころは体につられて』一七〇頁

訳注

＊1 ホメロス『イリアス』(上) 松平千秋訳、岩波書店、一九九二年 六五頁
＊2 ウルフは長年精神を患い自死、放射線の研究に生涯あたったキュリーは放射線被曝による影響で死去、ジャンヌ・ダルクとルクセンブルクは逮捕され死刑。
＊3 一九八〇年刊。乳がんの発見と右乳房の切除という経験を元にして、黒人女性として、またレズビアンとして直面してきた抑圧と沈黙について考察するエッセイ。

お告げと診断

1.

検査技師が部屋を出ていくと、私はモニターのほうに顔を向けて、読み取れるものを探した。腫瘍らしきもの、神経の網の目、小さく光るフォントで書かれているかもしれない私の病状／未来、あるいは来るべき終末。人生で初めて見た腫瘍は、そのモニター上の影だった。ゴツゴツした長い指が突き出した丸いもの。診察台からアイフォンで写真を撮った。その腫瘍は、たしかに私のものだった。

病院での診断と自分の知覚の狭間のどこかで、私は自分が病気だと気づいた。いつもの夏と同じで、そのときも緑色のタンクトップにカットオフデニム、サンダルという服装だった。そして突然の発覚。それに続いて、深刻で説得力のある専門的な言葉遣いが温度差を埋めていく。グレーのスーツを着た厳粛な雰囲気の女性による断固とした宣告。その後は個人的なパニック、臨床的な知識の深まり、驚く友人たちとのチャットのやり取りが続いた。あらゆる社会的な機関の総体を装って私の人生に登場した治験責任医師は、まだ本人（私）は感じていないが、これから感じるようになる感覚の調査を始めると言う。

　あるシステムに属する一連の事物や行動を取り出して、別のシステムの要素として再分類すること。それは占いに似ている。例えば占い師にとって、北へ飛ぶ鳥は明日の幸運のお告げであり、お茶の葉は恋人たちとそれを邪魔する第三者の顛末を語るものである。ひとたびそうなってしまえば、鳥たちの群れは「渡り」の意味から引き剝がされ、恋人たちの未来の別れを物語ることになったお茶も、もはやただ飲み物として欲されるものではない。

　あるもの、あるいは一連の事物をシステムから取り出し、別のシステムの要素として再分類することは、病気の診断にも似ている。私たちの体から情報を引き出し、体の内部から出てきたものを、離れたところから与えられるシステムのなかに組み直す。私のしこりは、かつては私というシステムに属していた。放射線科医がBI-RADSのスコアをつけた瞬間、それは腫瘍学のシステムに帰属する腫瘍に変わってしまい、もう元には戻らない[1]。飛ぶ理由を引き剝がされた鳥たちや、お茶である意味を奪われたお茶のように、診断を下された人間は、かつて自分自身だと思っていたものを取り上げられてしまう。

＊

「あなたは病気だ」と確信に満ちた宣告をされながら「でも元気だけど」と確信に満ちた実感を持つこと。言葉という硬い壁にぶち当たる瞬間だ。ぼんやりした不確かさに浸る猶予は一時間と与えられない。「この問題にどう対処すればいいのかまだわからないのに、私の人生をぶった斬るものの名前はもう、はっきりわかっているんだ」と不安な気持ちを先取りして心を落ち着ける暇さえないのだ。自らの存在を決してこちらの感覚にうったえてこようとしない病気も、モニター上の存在としては光り輝いている。光は音であり、そして情報だ。情報は暗号化されて、あるいは暗号化されぬまま、流され、分析され、評価され、研究され、そして売却される。私たちの健康状態は、情報を受信する機器のなかで低下し、向上する。かつて私たちは体のなかに病気を感じた。いまはさまざまな光の集まりを通して、自分は病気だと知る。

アルファベットの並びを名前に持つ検出機器の世界へようこそ。MRI、CT、PET。[*1]耳当てを装着、ガウンを着る、ガウンを脱ぐ、両腕を上に、両腕を下に、息を吸って、息を吐いて、採血、造影剤注射、スキャンの機械に入る、機械が起動され、そして動く、または私が機械の中で動かされる——放射線は、感情と肉体からなる人間を光と影からなる患者に変える。そこに存在するのは、もの静かな技師たち、カタカタとやかましい器具、温められた毛布、映画館のようなブザーの音だけ。

クリニックには、画像《イメージ》はない。あるのは画像化《イメージング》だ。超音波診断機、光線の点滅と照射、画期的な静脈注射型の造影剤などによって作り出されたあらゆる波が、流されそして止められるうちに、私たちは患者になっていく。肉体を持つうえで普遍的な法則として備わっている力のおかげで、私たちは「イメージリングス」と呼ばれる。「膀胱をいっぱいにしてきてね」と技師たちは電話でイメージリングスに伝える。私たちの興味深い内部を見たがっているのだ。ある人の子宮のなかに新しい生命を見つけられる超音波測定器は、そこに死の初期段階を見出すこともできる。

私たちは病気になる。私たちの病気は、厳密な科学の手中に落ちる。正確さを誇る顕微鏡のスライドの上、気遣いの嘘のなか、憐れみとPR活動のなか、ブラウザ上に新しく開かれるページと本棚の新しい本のなかに、私たちの病気は現れる。そして、曖昧さを感知しないこの体(私の体)が残る。馴染みのない腫瘍学の専門用語のもとに開かれた生は、やがてその言葉の裂け目のなかに落ちていく。

＊

体の調子が悪くても、それに対して何もしない人たちがいる。体の調子が悪いと、症状を検索エンジンに打ち込んだだけで終わってしまう人たちがいる。けれどなかには、自分の痛みの情報を専門家とやり取りする段階まで進められる人たちもいる。それにより彼らは、それらのうちどれかである可能性が同じくらい高い病名をいくつか提供してもらう。このグループに属する人々は、一連の症状をもとに確信を追い求める。検査を要求し、結果を疑い、問題をつきとめてくれるかもしれない専門家を訪ねるためなら、長距離旅行も厭わない。

そうした諸症状の情報を長期間やり取りし続けた場合、一連の不調に名称という慈悲が与えられるかもしれない。○○病、○○症候群、○○過敏症、あるいはなんらかの検索語。ときにはそれだけで、すでにじゅうぶんな癒しになることがある。訴えを起こすだけで事態がいくらか改善するかのように。苦しみを感じている人にとっては、その苦痛に呼称を与えられることのみが、唯一の治療になることさえある。

あまりに多くの人たちがあまりにひどい不調を抱える世界では、原因不明で曖昧な具合の悪さはむしろ一般的な状態だ。それは少なくとも、特定不能な不調を抱えた人々に、コミュニティの一員であるという意識をもたらしてくれる。病気であるという診断を必要としている不調により、病気というカテゴリーに収まらない、気がかりな痛みや体に現れる症状などからなる気持ちの見取り図が展開される。病名のついていない種類の体調不良は、保留されるか一般化されるか、あるいは精神科の領域に近いものに組み込まれる。

謎の不快感を帯びた体は、その苦しみを表現する語彙に出会うことを願って自らを医療にさらけ出す。もし苦しみに見合う言葉に出会えなければ、同じ苦しみに耐える人たちで集まって、それを発明しなければならない。病みながらも病名を持たない人々は、名のない病気の文学を作り出してきた。あるいは独自の詩学を、そして答えを追い求める語りを発展させてきた。この人たちは、医学がなし得ないことに対処するため、食事療法を巧みに使い、ライフスタイルを分析する。そして食生活の精査と予防の改良と周期的な専門家による検査を組み合わせることで、健康であれ不調であれ医療の範囲を逸脱し、病気にも治療にも抗う。

それに対して、がんに特有の何かが宣言なしに姿を現すことはほとんどない。がんは、専門家と専門的な技術の波に乗ってやって来る。私たち自身の感覚が、私たちの病気について先に何かを訴えてくることはほとんどない。目に見えず、感じられないものが私たちを殺す。それを信じるよう医者に命じられるから、ただそうするだけだ。

「先生たちが言うには」と、外来の化学療法室で高齢の男性が私に言った。「私はがんらしいけどね」そして小声でこう続けた「どうも疑わしい」。

＊

とはいえ私たちは、すでに気づいていた。なにかがおかしいことに。この世界が（破滅的に）どうかしてしまったこと、私たちも（破滅的に）どうかしていることに。あらゆる場所で、なにか（なにもかも）が、とんでもなくおかしな状態になっていることに。

私たちは病んでいた、うわべでは全身健康でありながら。そして完璧に健康でもあった、病んでしまいそうな世界にいながらも。

私たちは孤独だった。でも孤独を終わらせるためのつながりを、作り出せずにいた。

私たちは働きすぎで、それでも働くことに依存していた。

私は自分が（ある意味で）病んでしまったと思った、（精神的に）良くない状態なのだと。悪魔との取引の場で、ファウスト的衝動に駆られて魂を売り払ったせいで、崩れ落ちていくのだと思った。

2.

ギリシャの弁論家アエリウス・アリスティデスは、医神アスクレピオス*2の聖域で眠り、夢のお告げに従うことで病気を治そうと試みた。二十六歳で病気を患ったアリスティデスは、ペルガモンにあったアスクレピオスの神殿で、夢のなかで神の癒しを授かる人々と共に数年を過ごした。そこでは病人たちが、眠っている間にアスクレピオスから神聖な処方箋を授けられるのを待っていた。病人たちは、目覚めるとそのお告げに従った。いま私たちは忘れられた神々の領域で眠る。統計学という後世の神秘主義のもとに。

私たちの生きる世紀は、悪夢を作り出すことには長けているが、夢を解釈するのがあまりに下手だ。眠っている間に、私はオークランドのメリット湖の近くにあるホールフーズ［米国の高級食料品スーパーマーケットチェーン］に強盗に入る。いつも私の服装をほめてくれる化学療法士も一緒だ。あるいはマドンナが胸をあらわにしたまま、私の受け持つふたつの授業に出席している。ある目的のためにある村にいるのだが、道具が多すぎて運べない。有名人がいる、でも誰なのか思い出せない。この世とあの世のすべてについての討論会に参加していると、対戦相手の男性がメッセージを送ってくる。「あなたがどこのセンターから来たのか、当ててみようとしているんだ」。

病気の診断を受けたばかりで、インターネットにアクセス可能な人間は情報という神癒を授かる者だ。マイナーな神々のようにデータが訪れる。目が覚めている間、私たちは画面の奥の深遠を見つめて日中を過ごす。情報量に押し潰されそうになり、棒グラフの隙間で呼吸することを学ぼうとしながら。標準値と生存率曲線で頭がいっぱいになり、目は霞み、体は数字の信者になる。

新しいCVポート［中心静脈カテーテルの一種で、皮膚の下に埋め込んで薬剤を投与するために使用］は痛い。看護師たちが言うには、若い人ほどCVポートは痛いらしい。がんについてはすべて、若いほうが辛い。私は入浴も体の手入れも拒絶して、自由な動きをしなくなる。体のほかの部分についても、それらがまだできることについてまで考えが及ばない。痛む部分が一箇所あるせいで、ほかの部分は意識から消えてしまうからだ。〈重曹でがんが治る〉というサイトのリンクを誰かが送ってくる。ジュースクレンズって聞いたことありますか、という内容のメールが元教え子から届く。

アエリウス・アリスティデスは、一七〇年代前半に医神アスクレピオスから届いた夢をまとめた本『聖なるロゴス』を書いている。彼が最初に病気になってから何年も経ち、マルクス・

アウレリウス帝［第十六代ローマ皇帝。『自省録』を記す］が世を治める不安の時代に書かれたものだ。[2] アスクレピオスは人間の母親とアポロン［ギリシャ神話の芸術、光明の神、治癒神］との間に生まれた子と言われ、育ての親であるケイローンから医学の技術を教わったとされている。彼の物語の一説によると、アスクレピオスの施す医療行為があまりにも効果的だったため、ハデス［ギリシャ神話の冥府の神］は黄泉の国に誰も来なくなることを恐れ、彼を殺させたという。『聖なるロゴス』は治療的な指示を含んだ夢の記録というだけではなく、ある特定の時代や場所で肉体を持って生きるということについての、自伝的記述でもある。神聖な夢を見る人々は、パピルス[*3]を持って神癒の部屋に入る。ローマ人にとって、夢を見るのはそれらが書き残されるためであったらしい。アリスティデスは彼の著作の素材となる夢日記に三十万行以上の記録を残したと主張している。学者たちは後年、私たちは読むことのできないその幻の日記を、物語を語る上で「却下された道筋」[3]と呼んでいる。

『チベットの死者の書』[*4]もまた、夢を病気の経過と結果にまつわるお告げとして解釈する方法を指南する。著者の死を神聖なものにするのは、カラスや苦悩に満ちた霊魂に囲まれる夢、死者の集団に引きずられてゆく夢、あるいは髪を切り落とされ、裸でいる夢だ。がんの治療を受ける私も、ほぼいつも裸に近いし、髪も切り落とした。余命を知る手がかりを探る先は、自分の夢ではなくパブメッド[*5]だ。読めば読むほど、高額なうえに不快を伴うがん治療の道半ばで死ぬことへの恐れが増してくる。そんなときにはこうした統計分析の代わりに、満たされない気持ちでオンラインショッピングをしたり、ウィッグのレビューを読んだりする。膨大な数の偽物を身に付け、膨大な数の偽物を体内に取り込む自分を想像してみる。さらに膨大な数の偽物が検討され、別の膨大な数の偽物が形になりつつあり、そしてもっと膨大な数の偽物がどこかに隠れている。

古代の医師ガレノス［ローマ皇帝マルクス＝アウレリウス＝アントニヌスの侍医となった。解剖学の創始者といわれる］の記述によれば、虚弱な体に強靭な魂を持ったアリスティデスは珍しいタイプらしい[4]。アリスティデスは「彼の全身が衰弱するあいだ」も書き、教え、話すことを続けていた。私は自分の病名をグーグル検索して、その量的な結果の超現実的なまでの膨大さに孤独を覚えた。私自身の魂の強靭さについて言うべきことは特にないけれど、私はごく一般的なタイプの人間だ。つまり生活のために働かなければならない。だから病気になってからも、書き、教え、話すことを続ける。やるべきことリストの隙間で死について検索し、私は生きられる、と思わせてくれる研究報告を必死に探し求める。私は死を夢に見るようになるが、夜に与えられる指示に従ってはいけないとわかっている。目が覚めると、私の体は死なない、という特例を求めて検索する。ライフマス[5]による予後予測の計算結果を読む。そしてもう一度眠りに落ち、グラフの曲線上にある死を夢に見る。

＊

それを見つけた日も、私はいつもと同じ話を書いた。あの人と私はまた一緒にいて、そうしていることをいけないと思い、一緒にいることをやめられそうになる日が早く来てほしいと願っている、という内容だ。私たちは幸せではなかった。ベッドを共にせず一緒にいることはできなかった。ベッドを共にして幸せでいることもできなかった。一緒にいなければ決して幸せになれず、それが理由で結局は一緒にいることになった。悲しい気持ちで、ベッドのなかで。何年ものあいだお互いを知っていた。お互いをよく知っているという事実が「(私たちはこんなことを)すべきではない」という頑丈な網になり、ふたりでそれぞれに招いた苦しみが極端な形をしてそこに囚われていた。

まず初めにセックスがあった。それから発覚があり、そのあと映画のチケット売り場へ向かうためのエスカレーターがあった。そして私は医者に電話をかけて予約を取り、それから日記にこう書いた。地上にお互いが存在しているせいで惨めな気持ちにならずにすむ日が、いつかきっと来てほしい。私の胸に何かが見つかったことも、ふたりでベッドから出て観に行ったアクション映画のタイトルも、そこには書かなかった。

がん自体を恐れていた訳ではない。当時の私はがんについてほぼ何も知らなかった。恐れは検索エンジンからやってきた。「胸のしこり」と入力して、グーグルから返ってくるものが怖かった。病気をめぐってブログや掲示板で流通している文化が怖かった。人間が患者に変わってしまうことが怖かった。そこで使われるハンドルネームやシグネチャー、嘆きや造語、励ましの言葉。Ｍｅｔｓ、Ｆｏｏｂｓ、ＮＥＤ[6]。最初の日に私が心配したのは、これからの自分の語彙のことだった。

その日にしたことといえば、厳密に詳細を回避しながら日記を書いただけ。人が不安を感じながらもその理由の特定を拒んでいるときにする、地味な動きを記録した。洗濯をした、床をほうきで掃いた。ベッドを整え、問題ばかりの恋愛はうんざりと悪態をついた。自分に向けて、ひとつのことを話し続けた。もうひとつの話をしなくてすむように。

*

がんは侵入物であり、戦うべき対象だと私たちは聞かされる。あるいはそれは、私たち自身の逸脱的な側面の現れだとか、野心の強すぎる細胞種だとか、資本主義のアナロジーだとか、共に生きるべき自然現象だとか、疑う余地のない死の使者だとか。がんは遺伝子に組み込まれていると聞かされ、体の外の世界から来るものだと聞かされ、あるいは遺伝子と環境が複雑に交わる場所、誰もどことは言えず、それを追究しようともしない場所に存在すると聞かされる。

がんの原因は私たち自身のなかにある、という騒がしいほうの可能性ばかりが私たちに伝わってくる。もうひとつの可能性、すなわち私たちが共有するこの世界にこそ、がんの原因が充満しているかもしれないという寡黙なほうの可能性は、まず示されない。私たちのＤＮＡはがん検査を受けるが、私たちの飲む水は受けない。私たちの体はスキャンされるが、私たちの吸う空気はされない。がんになるのは私たちの感情に落ち度があるから、あるいは私たちの肉体にとって不可避だからだと言われる。病気と健康の間には差異があると言われる。急性と慢性の間、生きることと死ぬことの間にも。がんのニュースは、例えば選挙についてのニュースと同じように画面越しにやって来る。リンクトイン［ビジネスに特化したＳＮＳ］への招待メールと同じタイミングで届くメールのなかで伝えられる。「放射線科医師」のハッシュタグは「ドローンパイロット」と同じくらいよく目にする。パソコン上に生息するがんは、パソコン上に生息して伝えられるほかのすべての地球規模の恐怖や非現実そのものでもある。

　がんには現実味がない。がんは、工業資本主義を軸とする近代がいつか遭遇することを怖れていたエイリアンだ。半ば異星界《アストラル》的、半ば感覚的で、ひどく恐ろしいもの。がん治療は、半分起きながら見る夢に似ている。半ば夢から醒めながら、その半覚醒の状態も夢の本のなかではまた別の新たな章であることを知る。覚醒と睡眠のどちらでもあり、あらゆる喜びとすべての痛みを記録し包含するものとしての夢。耐えがたいまでのナンセンスとそこから生じる意味のすべて。その夢はどの瞬間もひたすら膨大で忘れ難く、かつ記憶はどれもぼんやりとしている。

＊

乳がん発症の最大の危険因子は乳房があることです、と乳腺外科の担当医は言った。彼女は、私がひとりで生体検査の最初の結果を聞きにくるなら、教えられないと言い張る。私の友人のカーラの仕事は時給制で、休みを取ることは生活に必要なお金を失うことを意味した。そこでわざわざ昼休みに郊外の診療所まで車を走らせ、私が診断を聞くのに付き添ってくれた。アメリカ合衆国では、子どもか親か配偶者以外の人間を世話するために職場を離れることは法律で担保されていない。[7] 家族という囲いの外側で愛されていても、その愛の深さは法律にとっては何にもならない。たとえ世界中の非公式な愛のすべてに包まれていたとしても、家族以外の他者にケアされる必要がある場合には、盗んだ銀のような時間のなかでなされなければいけない。私とカーラが天窓のあるベージュの会議室に座って外科医たちの到着を待っていると、カーラがいつもハンドバッグに入れて持ち歩いている飛び出しナイフを手渡してくれた。私がテーブルの下でそれに掴まっていられるように。芝居がかった前振りを経て医者たちから伝えられたのは、私たちがすでに知っている内容ばかりだった。私には少なくとも一個のがん性の腫瘍がある。大きさは三・八センチ、場所は左の胸部。汗で湿った飛び出しナイフをカーラに返した。終わると彼女は仕事に戻っていった。

残りの診断結果が届いたのは、私が外科から腫瘍科に引き渡されてからだった。がんの〈伝記〉とされるシッダールタ・ムカジー［腫瘍内科医、がん研究者］の『病の皇帝「がん」に挑む』［古代エジプトから現代までのがんとその治療法の歴史を記す］で、象徴的な乳がん患者として登場するペルシャの女王アトッサは、治療を求めて紀元前五五〇年から時を超えた旅をする。初めてがん専門の医者にかかるとき——私にとっても化学療法の患者でいっぱいの待合室に入るのは初めてだが、そのなかの誰ひとりとして王族ではない——ムカジーの固定化された貴族的な苦しみの思考実験は、それぞれに代替可能に見えるさまざまな医療的背景を旅するなかで、がんをめぐる文化の神話を鮮やかに象徴するようなものになっていく。がんは、歴史の影響を受けない肉体のなかでどんな時代も変わらずに、最先端技術の発展と共に進むようなものではない。[8] 患者は誰も君主ではなく、がん治療に苦しむ人たちも、疲労困憊しながら日常的にがん患者をケアすることに苦しむ人たちも、歴史上の特定の時代に影響され、社会的・経済的関係性のなかに組み込まれている。

病気の歴史は医学の歴史ではない。この世界の歴史である。そして体を持つことの歴史とは、一握りの人々の利害のために、そこに含まれない私たち大多数の人間に対してなされることの歴史と言えるだろう。

腫瘍科の担当医は——ちなみに私と友だちはのちに彼をドクターベイビーと呼ぶことにした。

ケルビム[*6]にそっくりだったから――黄色の紙切れに子どもっぽい字で「ホルモン受容体陽性乳がん」と書いた。そして、これには専門の治療がある、と説明すると上から線を引いて消してしまった。次に「HER2陽性乳がん」と書き、これにも専門の治療がある、と言ってから線を引いて消した。さらに「トリプルネガティブ」と書くと、これには専門の治療はない、と説明した。乳がんのうち十から二十パーセントの割合を占めるその種類は、ほかの種類の乳がんと比べて治療法が少なく、予後不良の傾向が著しく、乳がんによる死亡数が極端に多いことの原因になっている。私のがんはこの種類だと彼は言った。腫瘍は壊死《えし》しているが、それは成長が早すぎてインフラを作り出すことができなかったことを意味している[*7]とも言った。腫瘍の成長率は「八十五パーセント」と書き、私はその意味を聞いた。Ki67タンパク質の数値が「二十パーセントを超えている時点で」かなり進行が速いのだと彼は答えた。[9] そして「術前化学療法ですね」と言った。すなわち「いますぐ始める」ということだ。[10] これ以上ほかに腫れている箇所を分析したり、医者たちが腫瘍の恐れありと危険視する箇所の組織を切り取って調べたりすることに、私は同意しなかった。すでに明らかに存在しているこの腫瘍ひとつで十分に悪い知らせだ。それに対してだってかなり攻めの治療をすることになるのに、ほかにも何かないか知るためだけにまた痛みを伴う介入を行なってどうするの、と私は思った。

ムカジーの本に正しく書かれていたこともある。それは、もしもペルシャの女王アトッサが発症していた乳がんが化学療法に耐性のあるトリプルネガティブだったなら「彼女が生き延びていた可能性の低さは（現代でも）大差がない」[11]という点だ。化学療法の提案に従わないことは死に等しい、とドクターベイビーは暗に示した。化学療法を受けることは、死にそうな思いをしながら生きる可能性を得ることだろうと私は考えた。あるいは病気そのものではなく副作用で死ぬこと、あるいはもしかしたら、なんとか回復して、けれど元通りというわけではない状態で生きることかもしれない。家に帰る車のなかでラジオからある問いが聞こえたが、私には答える気力がなかった。「私は止まるべきか、進むべきか？」ダイアルを回しても、答えを歌う曲は見つけられなかった。止まるべきか、進むべきか。それは、この人生にとどまるべきか去るべきかという問いでもあった。生きるべきか、死ぬべきか。けれどいかなることにも、それほど気軽に答えが示されたりはしない。患者が診察台に横たわるやいなや、彼女は絞り込んだ答え、というベッドの上に人生を横たえることになる。けれどそもそもの問い自体が、納得のいく明快さを持ってなどいないのだ。

*

この病気でもたらされるものは何か？　という問いは、探偵や美術品のコレクター、筆跡鑑定士など、はっきりしない偶発的な細部を軸として物語を読み解く人たちが発する質問に似ている[12]。あるものがその用途のためではなく、ただそれ自体として存在しているとき、そこには魔力が生じる。細胞の集合体から次の六月の苦痛を予測しうるとわかった瞬間に魔力が薄れ始めるのはそういう理由である。疑いを込めた解釈がなされる状況下になると、魔力の持つ完璧さはもう決して望めない。かつては頭部から落ちた髪の毛はただその頭部の美しさを記憶しているものだった。物的な証拠としてジップロックに速やかに保存されるようなものではなかったはずだ。

がんと診断されてから、ただ純粋にそれ自体であるものなど、ほとんどなくなってしまった。白髪の女性が微笑む写真が表紙の、光沢のあるバインダーを看護師に渡された。〈あなたのがん治療の旅路〉というタイトルがついていたが、それが私の旅路であるはずがない。どの段階もデルフォイへと続く道の途上なのだ。たくさんの予言がなされ、あらゆる幸運に「これで済んでよかった」という呪いがついて回る。「最悪ならもっと悪かったはず」だから。けれどその間にも、占い師は幸運を差し出すことを決してやめない。幸運と共に魅惑的な保証を差し出すことも決してやめない。賛成も反対も、それぞれの不完全な理由も、どれもが嘘に嘘を重ねて、「どうせ何もわからないのだからやってみよう」というますます忌避的で悲惨な真理を形成していくかのようだ。

そのいっぽうで、一歩踏み出すごとに生じる興奮状態は犯罪現場と変わらないほど劇的だ。あらゆる細部に至るまで、大げさに語らずとも世界のすべてがおかしい、ということの証拠として十分なのだ。そしてすべての劇的な悪行の現場は、未来の、あるいはいま同時に起きている数えきれないほかの犯罪の現場でもある。その犯罪のうちのいくつかは治療という名目でなされ、ほかのいくつかは世界そのものという名目でなされる。そしてそれらすべての犯罪が調査や探究の最中に起きるのだ。それによって更なる興奮状態が作り出され、それと共にスペクタクルと大量殺人と解釈の機会も作り出されて、傷の上に傷を重ね、幸運の上に幸運を、嘘の上に嘘を重ねていく。

この時代にがんに罹ることとは、バインダーに挟まれた軌跡を生きることではない。〈あなたのがん治療の旅路〉はまやかしだ。「絵画とは」とジョン・ケージは書いた。「発話と応答の記録ではない。自己を曖昧化するむき出しの歴史の実体《ボディ》が、強い存在感を伴いながら忽然と現れたものである」[13]。いまこの時代にがん患者であるということは、自己を曖昧化するむき出しの身体《ボディ》たちの歴史が、強い存在感を伴いながら忽然と現れた状態なのだ。

3.

アエリウス・アリスティデスは、夢の神癒の受取人としてアスクレピオスの神殿で暮らした時間を、彼の「カテドラ（司教の玉座）」時代と称している。見るからに瀕死の人間は神殿に入ることを許されなかった。明らかな妊婦も然り。生と死は、神殿に隣接する土地に建てられた建造物に慎重に留めおかれた。信心深い病人たちは入浴したり、捧げ物を燃やしたり、眠ったり、起きたり、お互いの夢について話したりして過ごした。受取人たちの見る夢はだいたいふたつのタイプに分類できた。ひとつは、ローマ時代に行われていた医療行為の範囲内に収まる指示内容が現れる夢。例えば絶食、食生活の変更、薬、瀉血《しゃけつ》、[*8]浄めなど。もうひとつは、あまりの破天荒さにペルガモンの医者たちが聞いただけで身震いしたと伝えられるような指示を授けられる夢だ。

がんと診断されたことで、良質な助言と空虚なイデオロギー[14]を判別する力が衰えてしまった。初めのうちはがんに対処するためにやってみたらと助言されることのすべてが、世界そのものが病んでいることのしるしであるかのように思えた。日記帳に「機械と近しい関係にある体」

と書く。それから掲示板で、髪は短く切っておいた方がやがて失うことに耐えるのが楽になる、と読む。それを信じようとする。普段は自分で髪を切るのだが、今回は美容院――店名は〈ベル・エポック《美しき時代》〉――に予約を入れる。高さを上げられた椅子に黙って座っている間に、見知らぬ金髪の美容師が、私の長く濃い色の髪を肩の上で切り落とす。髪は床に落ち、あとで安月給で働くアシスタントによってモップで掃かれる山になって積み上がっていく。その瞬間、それまで意識すらしなかったけれど、私の人生にも少なくとも数年間は、美しかったといえる時間があったことに気づく。これからはもう、そうではないことにも。以前の私が、それでも髪は伸びるという事実こそ人生のいちばん良いところだといつも主張していたことも思い出した。それはどんなものも永遠に同じではないということの単純な証拠であり、それゆえ世界は変わりうるという可能性の証明だった。けれどいま私の髪はやがて抜け落ちるというだけではなく、毛根を包む毛包そのものが死んでしまうのだ。辛いことに、かつて育っていたものは育つことをやめてしまう。たとえ私が生き続けたとしても。かつて私が何かの証拠として理解していた世界のあらゆる事柄は、別のことを証明する材料になってしまう。

「変化してやまぬ、故に、哀れな人間の状態よ！」と書いたのは英国の詩人ジョン・ダンだ。一六二四年に病床で執筆された傑作『不意に発生する事態に関する瞑想』は、ダンが不治の病と考えた不調に苦しんでいた二十三日間に書かれた、二十三のパートに別れた散文作品である。

「この瞬間に私は健康である、しかし、この瞬間に私は病気となる[15]」。

＊

自分から言い出さなければ、がんを知られることはない。私はジョン・ダンの第一番目の祈りをスクリーンショットしてフェイスブックに投稿した。「我々は健康に務める。食べ物、飲み物、空気、運動などに細心の注意を払う。建築に使われる石を一つ一つ磨くのであるから、我々の健康は永続的な、堂々たる建物となる。ところが、瞬間的に大砲がすべてを打ち、覆し、破壊する[16]」。

たくさんの「いいね」がつく。それから私はネットで見つけた別の指示に従う。母に打ち明け、娘に打ち明け、キッチンを徹底的に掃除する。雇用主と交渉し、猫の面倒を見てくれる人を探し、来るべきケモポート*9に合う服を見つけるためにリサイクルショップに行く。何人かの友だちに電話して、私の世話をしてくれる人は誰もいないと不安を伝える。私の乳房はそのうち医者たちによって取り去られ、最終的には焼却炉に破棄されることがなんの儀式も経ずにすでに決定していた。だから私は、そこに初めから胸はなかったのだというふりをする練習を始める。

＊

進行性のがんを患っている人はほとんどの場合、他者から贈られる祈りや魔法やお金を断われるような立場にない。友人たちがオンライン募金を立ち上げてくれる。知人たちがクリスタルをくれる。人からの助言を受けて、私は前世療法を試してみる。みんな前世では王族に属していたようだが、私はハンセン病の年老いた男性だった。物乞いし、病気がちで、私自身の人生では経験したことがないほどの悲しみを抱えていた。別の前世では、生きる間も無く死んでいるような赤ん坊だった。そういうものはどれも信じないけれど、私はありえたかもしれないどんな人生においても、存在したかもしれないなかでいちばんちっぽけなバージョンの人間として生きたらしい、ということには合点がいった。

古代の癒しの神殿は、湧水と洞窟と隣り合わせの谷に建てられた。病人たちは神であるアスクレピオスに、神癒と引き換えに病気に苦しむ体の部位を奉納した。木彫りの足や腕や目玉など。アスクレピオスの威力は非常に強大で、死者を蘇らせるためにメドゥーサの血を使ったと噂されるほどだった。アスクレピオスの宮殿のうち最も立派な建物の下には千匹の蛇がいる穴があったと言われる。宮殿の蛇たちはときに夢の受取人たちのなかに放たれた。受取人たちも蛇に出くわすことを喜んだ。蛇が足元をかすめながら進むと、病気が治るかもしれないと信じられていたからだ。

現代の化学療法のイメージを構成する主な要素は顔である。多様な人種と年齢にわたる顔たちはすべて幸福そうに輝いている。そういった顔たちは、がんについての手引きとなる資料のなかから光を放ち、社会の決まり事としてのがんの兆候（髪のない頭、正しい色のリボン）を示すだけではない。逆にいかなる苦悩の兆候も示さないのだ。がんによる苦しみだけではなく、それ以外に原因がある苦しみさえ、まったく示さない――仕事による苦しみも、人種差別による苦しみも、傷心の、貧困の、虐待の、失望の苦しみも。私たちの神殿に集められるのは歴史を消毒した笑顔。私たちの病気の写真はどれも光沢のある、うさんくさい幸福の捧げ物だ。

もし私がアリスティデスの時代の夢の受取人だったなら、彼らにとっては異質な数値計算を捧げ物にする。それは致命的に不可避なものを抱擁してくれるから。私は病気を実感していなかった。いや、それはまったくの真実ではない。腫瘍が発見されてから化学療法を開始するまでの数週の間に腫瘍が痛み始め、少しも鎮まらなかった。腫瘍の生命が私の生命に対して騒ぎを起こしている。腫瘍が成長しているせいでそうなるのかと外科医に聞いたところ、「ええまあ、この種類ならありえます」と彼女は答えた。私はもっと早く、病気だと気づけたのかもしれない。左の乳房を捧げ物として携え、アスクレピオスの元に行けたのかもしれない。

私は、切り取られた自分の乳房を乗せた大皿を持つ聖アガタ*10の画像を集め始めた。アガタは乳がん患者の守護聖人であり、火や火山の噴火、独身の女性や拷問の被害者、そしてレイプの被害者の守護聖人だ。地震の守護聖人でもある。なぜなら彼女が拷問者たちによって両乳房を切り落とされた後、報復のように大地が揺れ始めたから。

4.

魔力は神秘化とは別のものだ。いっぽうはただ存在することによって存在しているすべてのものが持つ、ありふれた魔法の力であり、もういっぽうは狡猾なペテンである。神秘化は、私たちが共有する世界のシンプルな事実をぼやかすことで、変化をおこそうとする動きを妨げる。がんの魔力が失われることで、神秘化の余地が生まれてしまう。私は自分が乳がんになるまで、それについてあまり考えたことがなかった。けれど罹患した直後は単純に考えていた。それはもはや死の病ではなく、治療も楽なものになっているのだろう、乳がんによって人生は少し中断させられるかもしれないけれど、乗り越えてまた進むのだろうと信じていた。もし別の形でがんになっていたなら、本当にそうだったかもしれない。けれど私のがんに、何ひとつ楽なものなどなかった。特に、真実を見つけられないという点で。すべての情報が私を混乱させるために作られたものに思えた。

あるシンプルな事実、あるいはいくつかのシンプルな事実があるはずだった。けれど目の前のモニターのせいで、私には真実が見えていなかった。コンピューターのなかのどこかに、私は生きてもいいという許可を見つけようと必死だった。

私の腫瘍はモニターから始まり、私はそれをそこに戻した。その正確な特性を、予後計算機に打ち込む。こうすればピクトグラムで未来を表示してくれることが約束されている。死んだ女性たちはしかめ面をした濃いピンクの顔四十八個で示されていた。生きている女性たちは緑色のスマイルマーク五十二個だ。これらの顔はすべて、私とまったく同じタイプの病気を持つ、私と同じ四十一歳の人たちを表しているはずだった。けれど彼女たちの生死にかかわらず、このうちの顔のひとつとして「なぜか」「いつか」「誰か」を語ってはいなかった。

*

がんになることに関して私は無知だったが、特定の話を避ける方法についてはそれなりに知っていた。がんがわかった日の前夜の夢には別の施設のような場所が出てきた。青く照らされたガラス張りのオフィスビル、弁護士が主人公のテレビドラマの舞台で見たような街。

病気のあらゆる症状はまず私たちの身体に書き込まれ、ときには後からノートにも書き込まれる。がんに官能性が絡む余地はほとんどないし、そしておそらくいま書いているこれは小説ではないのだが、どうせなら私はマルグリット・デュラス［(一九一四―一九九六) フランスの小説家、脚本家、映画監督］になりたい。愛について、あるいはそれに伴う失望について書きたい。でもひとたび治療が始まると、私の官能性を帯びた切望の対象になるのは、私を補助してくれる装置の数々だ。車椅子とそれを押してくれる誰か。病床用の便器とそれをきれいにしてくれる誰か。その次に切望するようになるのは、体を動かす必要があるたびに「動く」という行為について熟考する一時間ほどの猶予だ。体を動かすというイベントに対して精神的なリハーサルをしたいから。動きを求められる体の各部位を準備し、ほかの部位との関係性を考えたい。けれど実際に動いてみると、精神的な準備をしたところで動くことの難しさを和らげる効果などまったくないことがわかる。病気になる前の私は丈夫だったが、すぐに弱々しくなり、ベッドからドアまでの二メートル、その短い距離を歩くだけで息が切れるようになる。欲望する人生を長く過ごした後に、食べることもセックスすることもできず、したくもなくなり、それを気にしている場合でもなくなる。なぜなら食事を作ることにも、そのための買い物にも、実際にはそこにいない誰かを優しく撫でるために手を持ち上げることにさえ、かなりの労力が必要になるから。それから、眠ることもできなくなる。あまりに疲労が激しく、体からそれを解放する力さえも尽き果てるのだ。そしてこれらすべてと同時進行で、あらゆる痛みを感じ続ける。この疲労と痛みについては後で詳しく書くが、それはクラリッセ・リスペクトル［(一九二〇―一九七七) 小説家。ウクライナ生まれ、大戦下にブラジルに移住］の言葉を借りれば、香水の香りを写真に撮るような記述になるはずだ。

リスペクトルは著書『アグア・ヴィヴァ（流れる水）』を「電車の窓から見た逃亡者のトラックさながら過ぎ去っていく、一瞬一瞬の物語」と描写する。[17] アリスティデスは『聖なるロゴス』の冒頭で、病気の経験について書くことの難しさをまず宣言している――

私は友人たちの言葉に決して説得されなかった。私のした経験について話し、書くことを求められ、促されても。そうやって不可能なことを避けた。というのもそれはまるで、あらゆる海のなかで泳がされた後で、そこで出会った波の数や、それぞれの波にどんな海を感じたのか、そして何が私を救ったのかを、説明させられるようなものだったから。[18]

原注

1 BI-RADS（Breast Imaging-Reporting and Data System）は米国放射線学会（ＡＣＲ）により商標登録された、マンモグラフィ、超音波、ＭＲＩを統一的に扱った乳がん画像診断の総合ガイドライン。BI-RADSカテゴリー5の判定は、悪性腫瘍の可能性が九十五パーセント以上であることを示す。

2 Aelius Aristides and Charles A. Behr. *Aelius Aristides and the Sacred Tales.* Amsterdam: Hakkert, 1969.

3 Lee T. Pearcy. "Theme, Dream, and Narrative: Reading the Sacred Tales of Aelius Aristides." *Transactions of the American Philological Association (1974-)*, vol. 118, 1998.

4 Michael T. Compton. "The Union of Religion and Health in Ancient Asklepieia." *Journal of Religion and*

Health, vol. 37, no. 4, 1998.

5 マサチューセッツ総合病院の計量医学研究室内の数理腫瘍学研究班によって開発されたライフマスの乳がん治療への貢献は、条件付き生存率の算出、乳頭浸潤性乳がんの有無や結節状態の有無の調査、セラピー、成果計算などである。それら変数を計算機に入力することにより、がんのアウトカムが死亡率曲線、生存率曲線、統計図表、棒グラフ、円グラフとして表示され、メニューから組み合わせを選択することができる。

6 順に、転移性乳がん（Metastatic breast cancer）、偽乳（fake boobs）、「疾患の所見なし」（No Evidence of Disease）を表す略語。

7 連邦労働省の賃金・労働時間局によれば、育児介護休業法（Family and Medical Leave Act）で定められた十二週間の休暇は、常勤の労働者が「従業員の配偶者・子または親が健康上の深刻な状態にある」場合のみ（無給で）仕事を休むことが保証されている。

8 シッダールタ・ムカジー『病の皇帝「がん」に挑む　人類４０００年の苦闘』上・下　田中文訳、早川書房、二〇一三年。

9 Ｋｉ67は細胞増殖の程度を表す指標。Ｋｉ67陽性の細胞は、増殖の状態にあると考えられ、Ｋｉ67陽性の割合が高い乳がんは、増殖率が高く、悪性度が高いと考えられる。ただ、陽性の細胞がどれくらいあれば陽性率が高いと考えるのかなどについて、まだ一定の決まりはない（編注：『患者さんのための乳がん診療ガイドライン　２０２３年版』日本乳癌学会編、金原出版、二〇二三年　一〇六頁より補足）。

10 しこりが大きい湿潤がんや、皮膚への湿潤などによりそのままでは手術が困難な局所進行乳がん・炎症性乳がんの場合には、術前化学療法が第一選択となる。化学療法は術前でも術後でも乳がんの再発率や生存率は変わらないとされる。だが、より整容性の高い手術ができる可能性がある（編注：『患者さんのための乳がん診療ガイドライン　２０２３年版』一一六頁より補足）。

11 ムカジー『病の皇帝「がん」に挑む』

12 病気の過程が生の経験にいかなる影響を与えるかを考える上で、カルロ・ギンズバーグによるエッセイ“Clues: Roots of an Evidential Paradigm”（*Clues, Myths, and the Historical Method* に収録、参考文献参照）が私に与えた影響は大きい。このエッセイにおいてギンズバーグは、一九世紀の美術史家ジョヴァンニ・モレッリが発展させたモレッリ法を参照する。モレッリ法では、絵画を鑑定する際に例えば耳たぶや手の爪といった細部を入念に観察することで価値を判断する。ギンズバーグはモレッリ法とシャーロック・ホームズやジグムンド・フロイトの手法をリンクさせる。それらすべてのメソッドにおいて、そしてがんの診断においても、重要ではないように見えるものが、もっとも入念に精査される。その結果として、ただそのもの自体でしかなかった何かが、すぐに「証拠」となる。そしてがんの診断と犯罪の捜査において、その証拠はある人の一生を破滅させうるようなものである。

13 John Cage. *A Year from Monday: New Lecture and Writings*. Middle Town, Conn. : Wesleyan University Press, 1969.

14 本書において私は「イデオロギー」という用語を、歴史的な状況から生じた共通のリアリティのひとつの形を意味するために使用する。イデオロギーは多くの場合、私たちにとって非常に自然で、非常に真実味があるように感じられるために、日常生活では吟味されることがない。それが虚偽であるという痛みを伴う証拠に直面させられるまでは、それは真実と考えられている。私の経験では、乳がんのような危機的な状況がイデオロギー的なものの過剰な出現に拍車をかけ、それによって数多くの対立や不一致が生み出される。その結果として、広く受けいれられてはいるが真実ではないものが急速に露呈する。すぐにそれにとって代わるべき真実も、多くの人に共有される形では存在しないままに。

15 John Donne and Izaak Walton. *Devotions upon Emergent Occasions: And, Death's Duel*. New York: Vintage Books, 1999.（湯浅信之試訳「英米文学研究（32）」（梅光女学院大学英米文学会））

16 前掲書。

17 Clarice Lispector, Stefan Tobler, and Benjamin Moser. *Agua Viva*. London: Penguin Classics, 2014.

18 Aristides, *Sacred Tales*.

訳注

＊1　PET（Positron Emission Tomography）とは、がんの有無や広がりを確認する精密検査のこと。

＊2　ギリシャ神話に登場。死者も蘇らせたといわれる。アスクレピオスが手に持つ蛇が巻きついた杖はWHOのマークをはじめ、現在も医の象徴として世界的に用いられている。

＊3　カヤツリグサ科の植物の一種から作られた、古代エジプトで使用された文字の筆記媒体。

＊4　死の瞬間から次の生を得て誕生するまでの間に魂が辿る四十九日の旅、いわゆる（中有）のありさまを描写して、死者を導く方向を示す指南の書。

＊5　米国国立医学図書館（NLM）内の国立生物工学情報センター（NCBI）が作成するデータベース。世界の主要な医学雑誌等に掲載された生命科学や生物医学に関する参考文献や要約の検索が可能。

＊6　旧約聖書で神殿に仕える天使。人面または獣面で翼をもった旧約聖書の超人的存在。神の王座や聖なる場所を守護すると信じられ、キリスト教では智天使と訳される。

＊7　腫瘍の増殖が速いと内側にある基盤となる細胞が低酸素になり、壊死をおこす。それは外側の細胞が急速に増殖している証拠なので、悪性度が高い。

＊8　患者の血液を治療の目的で除去する処置。中世から一九世紀末までは広範に行なわれ、高血圧、心不全、外因性中毒などには重要な医療技術のひとつだった。

＊9　「CVポート」。化学療法で用いられる皮下埋め込み型カテーテル。

＊10　シチリア島の聖女。ローマ人権力者との婚姻を拒否し、乳房を切り取られる拷問を受けたが、祈り続けたところ聖ペトロが現れ傷を癒されたという伝説がある。

パピリオンの誕生

真実を記したと思っても、実はため息を記したにすぎないのではないかと、
つねに恐れている。

スタンダール『恋愛論』一八二二年

準郊外にある、出資者の名前を冠したがん治療センター《パビリオン》のサテライト診療所から送る声明

あなたの髪をひと握り摑んで引き抜きなさい。社会的な不安を引き起こす場所で。例えばセフォラ〔化粧品のチェーン〕で、バンク・オブ・アメリカで。どこであれ、あなたが賃労働を行う場所で。家の貸主との会話の途中に、レブンワース連邦刑務所で。男性たちの視線など気にせずに。必要なものを得るために交渉しなさい。ほかでもない今こそ、それを必要としているのだから。交渉に失敗したら、あなたを認めようとしない相手の目の前で、自分の髪を強く引き抜いてやりなさい。あなたの髪をひと摑み置いてきなさい。森に、荒野の真ん中に、クイックトリップ〔コンビニのチェーン〕の駐車場に。かつてあなたと友人たちがいかにも女っぽい服装と見た目をしていたために、国産ビールをピッチャーで奢られたことのあるすべてのバーの前に。

車の窓から頭を出して風に吹かれ、髪が抜けて飛ばされていくのを見なさい。友人たちにあなたの髪の房を収穫させ、それを別の友人たちに渡してもらい、社会的不安を巻き起こすような場所に置いてきてもらいなさい。ばらまいてもらうのです、例えば港で、国定記念物のなかで。ごく普通の人たちに、自分はちっぽけで愚かな存在だと感じさせるために造られたような建造物の内部で。路上で絡んでくる奴らに向かって投げつけてもらいましょう。

あなたの陰毛を根元から抜き、その房を無記名の封筒に入れて技術系の官僚に送りつけなさい。腋毛を抜いて、かつて住んでいた場所のすぐ近くのスーパーファンドサイト「長期的な浄化が必要であると政府から指定された、有害廃棄物による汚染が深刻な地域」に置き、鼻毛を抜いて、これまで退職の申し入れを拒絶した人事担当者の誰かに送りなさい。

まつ毛が抜け落ち始めたら、あなたが病気になったとき離れていったすべての人たちに不幸の手紙として送りなさい。あなたが近づくあらゆるものの表面にあなたの毛が落ちるでしょう。新しい頭文字の略語や、新しい用語の上にも。病気の原因を探り出すために、それらの言葉を読みなさい。もし幸運なら、あなたはそこに「病気はあなたを武器に変える」という意味の、別の言葉を見出すでしょう。毛の無くなった場所にあなたが読みとるのは、死にゆく細胞を武器に変える方法。あなたが憎むもの、あなたのことを憎むものと戦うための武器に。

抜け落ちる髪を武器と思えば、衰えていくあなたの体もまたひとつの武器であることに気づくでしょう。あるいは、衰えない体も。病人であることにまつわるこの新しい理論に基づくなら、あなたをケアすることはいまや武器をケアすることだ、と友人が言います。あなたは自分の部屋を武器庫に変えました。あなたに水や食べ物を運んでくれる人はみな、銃に弾丸をこめているも同然なのです。

1.

がんのパビリオンは、外見にまつわる残酷な民主主義の場だ。みな一様に髪のない頭、ひどく打ちのめされた顔つき。誰もがステロイドでむくんだ顔をしていて、肌の下の瘤のように見えるプラスチックのCVポートもみな平等だ。老人は幼児のように見え、若者はヨボヨボと動き、中年はあらゆる中年らしさが自分たちから消えていることに気づく。

私たちの身体の境界線が壊れる。自分たちの内部にとどめておくはずのものがすべて外に出てしまうかのようだ。抗がん剤治療で鼻血が出て、シーツにも、書類にも、CVS［薬局・コンビニのチェーン］のレシートにも、図書館で借りた本にも血の滴が落ちる。涙が止まらなくなる。不快な匂いを放つ。嘔吐する。

私たちのヴァギナは有害になり、精子も有毒になる。尿の有毒性はあまりに強く、トイレの注意書きには患者に必ず二回水を流すように指示がある。私たちはただの人間には見えない。私たちはがんに罹った人間に見える。私たちがまとうのは、自分たち自身の面影より、病気の面影だ。

言語はもはや、その社会的機能を果たさない。私たちが言葉を使うのは、誤爆する爆弾として近づいていくためだ。誰かが天気について何かを言ったとする。その返答として発されるのは見当違いなフレーズで、会話は成立しない。例えば「私たちは、自分の欲するものを受けいれることを学ぶべきだね」。文法に抗う文章。前に知っていた言葉や、決して知ることのない新しい言葉をぎこちなく翻訳して作り直されたボキャブラリー。かつて母親から話すことを教わった子どもたちはいま、病気の母親たちをじっと見る。「テレビ」や「コップ」を指す言葉を思い出せない母親たちは、話すことを覚える前の赤ちゃんのように、身ぶり手ぶりで訴える。

*

待合室では、ケアの労働がデータの労働になる。妻たちは夫たちの、母親たちは子どもたちのためにフォームを記入する。病気の女性たちは、自分のフォームを自分で埋める。

私は病気で、女性だ。私は自分で自分の名前を書く。診療のたびごとに、全体のデータベースからプリントアウトした紙を渡されて、修正するか承認するようにと言われる。私たちがいなければ、データベースは空っぽだろう。

受付の女性がフォームを配り、バーコードのついたリストバンドをプリントしてくれる。それは後から別の女性によってスキャンされ、読み取られる。看護助手たちはドアのところに立ち、そこからほとんど動かない。自分たちの体でドアを押さえ、患者の名前を呼ぶ。ここにいるのは、補助的な業務に携わる準専門職の女性たちだ。患者たちの身体の重さをデジタル体重計で測り、クリニック内の開かれた一角にある、人の集まるエリアで脈拍、血圧、体温、呼吸などを測定する。それから彼女たちは、患者（私）を検査室へと誘導し、システムにログインする。機械の要求にしたがって、私の体から現れた数字を入力していく。私の体の温かさや冷たさ、心臓の鼓動の速度。それから彼女たちは質問する。「あなたの痛みを十段階で表すといくつですか？」私は答えようとするが、正式な答えはいつも数値化不可能だ。感覚は数量化の敵。神経系が示す感覚を、納得のいく記述的尺度に換算する機械は、まだ存在しない。

現代医学は、体に起こる規格外のできごとである病気に鋭く反応し、それらをデータに変換する。個々の患者の体から出現するものや、体を通過したものの量によって患者が情報に変換されるだけではなく、すべての人の体や感覚が（病気になるか健康でいられるか、生きるか死ぬか、回復するのか苦しむのかの）可能性を測る数値となり、それを基盤として治療が決まる。あらゆる人の体がこの計算の対象となる。けれど、病気にまつわる不明瞭で不可算的なものを医療技術に適合する数字に置き換えるというこの準備段階の作業を行うのは、ほとんどの場合女性に限られる。

「あなたの名前と生年月日は?」がん患者自身が伝える自分の名前は、リストバンドのバーコードを補助する情報だ。それ以外のさまざまなものの補助にもなる。採血の瓶、投与される予定の抗がん剤など、正しい場所と人であることが確認されなければならないものに対して。私であることとの確認のためにブレスレットがスキャンされるが、さらに自分で名前を繰り返すことが求められる。医療における、情報のバックアップ・プラン。それが私の体の内部へ、または私の体から外部へと送られるすべてのものの起点となる。私はときに自分が誰なのかを思い出す。けれど、反復は感度を抑圧する法則でもある。一から十の間で、あなた自身に点数をつけると?　がんにまつわる医療化された抽象概念において、私自身はかろうじて存在している。体の感覚と医学的な情報システムよりも下位に置かれた、第三のものとして。

看護師たちは、私服からガウンに着替えた私を検査室で迎えて、システムにログインする。場合によっては採血があり、その成分がプリントアウトされたページを読むことを許される。毎週、血液中に前の週と比べて何らかの成分や細胞が増えたり減ったりしている。それらの物質の増減によって、今後の抗がん剤の量や頻度が決定される。看護師たちは、私の体が経験していることについて質問する。私が感覚を描写すると、彼女たちはそれをコンピューターに打ち込み、すでにカテゴリー分けされ、名前と保険コードも決まっている症状をクリックする。

「ケア」という言葉からキーボードが想起されることはあまりない。ケアを実践する人たちによる、たいていの場合は無償だったり低賃金だったりする労働（ときに「再生産労働」と呼ばれるもの、日々を生きる体としての自己や他者を再生産するために食べさせたり清潔にしたり注意を向けたりする仕事）は、テクノロジーから最も遠いもの、感情や直感と結びつくものと理解されることが多い。かなりの頻度で、「ケア」は感じることや寄り添うことの一形態、愛によってなされるものと考えられている。ケアと数値化はかけ離れたものと認識されがちなのだ。ケアされる側の人の弱さや痛みの感覚と、統計学という学問がかけ離れたものに思えるのと同様に。「私はあなたをケアします」ということが示すのは、がん細胞の分裂速度（医学的事実）とはまた異なるモードの抽象概念（感情）だ。けれど、深刻な病気をめぐる状況では、奇妙な反転現象が起きることがある。あるいはむしろ反転のように見えるものが、実はただそこにあったものを整理し明確化しただけとも言える。かつては有形で、予測不可能で、感覚的で、見事な混乱状態にある動物的なものと思われた私たちの体はいま、医学的な抽象化の状態に、不完全だがはっきりと従っている。同じように、ケアは明確で物質的なものになっている。

受付係、看護助手、検査技師、そして看護師たちは私の体の情報をデータベースに打ち込むことを求められるだけではなく、そうしながら同時に私を「ケア」しなくてはいけない。病院で、私の尿を検査しチャート化する人は、私と話をして気持ちを落ち着けてくれる人でもある。そのおかげで、処置に伴うひどい痛みが少し軽くなる。私の名前をダブルチェックし、患者用リストバンドをスキャンし、私の胸のＣＶポートに抗がん剤をセットしながら、薬剤の正確な分量チェックを強化するために二人体制で確認を行う人たちは、怖がる私の腕にそっと触れてくれる人たちでもある。採血の担当者はジョークを言ってくれる。ケアの仕事とデータの仕事は、ある意味では矛盾した同時性のうちに存在している。両者に共通するのは、それらがかなりの割合で女性たちによってなされること。そして歴史的に女性の仕事と認識されてきたあらゆる仕事と同じく、見過ごされがちな仕事であるということだ。行われなくなって初めて気づかれる仕事。汚い家はきれいな家より目立つ。なんでもないように見える背景は、多大な努力のもとにのみ現れる。ケアの仕事もデータの仕事も、静かで日常的で持続的で決して終わらない。患者のファイルは、人の住む家のように、人が生きる限り永遠に続く労働の場なのだ。

がんの治療中、こうしたワーカーの人たちの大半は——受付担当も、助手も、看護師も——女性だった。男性だったり女性だったりする医者が私に会うのは、私の体が最大限に数値化された後だ。彼らもシステムにログインするが、打ち込むデータは少なく、ほとんどなにもタイプしないこともある。彼らの視線が、私の体に関するアップデートされたカテゴリーや数字が表示されている画面の上を動くとき、私はまたジョン・ダンを思い出す。「医者たちは私を見診し、聴診し、病床で尋問し、確証を得た。私は自分を自ら解剖し、切開して見せた。医者はいまその結果を合議するために退出した[1]」。

体をデータに変換するのが女性たちなら、そのデータを解釈するのが医者たちだ。そのほかのワーカーたちは、私を抽出し、分類した。私は自分の感覚を情報化した。医者たちが私を読む、あるいは私の体からできあがったものを読む。それは女性たちの労働によって作り出されたもの、情報と化したひとりの患者だ。

*

約六十時間のうちに、二回目のアドリアマイシン[*1]注入が行われる。手術によって私の胸部に埋め込まれ、頸動脈につなげられたプラスチックのCVポートを通して。アドリアマイシンという名称は、発見された場所にほど近いアドリア海にちなんで付けられた。一般名はドキソルビシオンで、この名は「ルビー」に由来する。鮮やかで官能的な赤色をしているから。私はこの有毒物質をアドリア海のルビーと考えるのが好きだ。行ったことはないが、いつか訪ねたい場所を想像する。けれどこの薬には「赤い悪魔」という別名もある。ときに「赤い死」と呼ばれることも。だからそれはおそらく「ヴェニスの海岸沿いの悪魔のような死の宝石」と呼ばれるべきなのかもしれない。

薬剤を投与する準備のために、腫瘍科の看護師はまずパートナーと処方箋を確認し、そして厳重な防護服に着替える。そしてゆっくりと、自分の手で私の胸のCVポートにアドリアマイシンを挿入していく。もし薬が血管から漏れてしまえば、組織は破壊される。どんな人や物にとっても、点滴で注入するのは危険すぎると言われることがある薬だ。もしこぼれ落ちてしまったら、クリニックのリノリウムの床を溶かすだろうと噂されている。薬の投与から数日間は、私の体内の液体はすべて他者にとって有毒なものになり、私自身の体の細胞を弱らせもする。アドリアマイシンは心臓に致命的な害を与えることもあり、生涯摂取量の限界が決められている。この治療が終わる頃には、私の摂取量はその半分に到達していることになる。

米国では、私が生まれた翌年の一九七四年にアドリアマイシンの使用が広く承認された。つまりそれ以前の臨床試験期間を含めると、がん患者に対してこの薬が使われてきた歴史は私の人生より長いことになる。スーザン・ソンタグが『隠喩としての病い』を書く前に受けた治療も、同じものだった可能性が高い。この本は、私が病気になったときに最初に贈られた数冊のなかに含まれていた。アドリアマイシンに耐える行為は、古代から続く慣例のように感じられる。何十年もの間、あらゆるタイプのがんに対する状況で、患者が必要としているか否かにかかわらず儀礼的な導入として行われてきた。細胞を全滅させるという昔ながらのやり方――そのために髪が抜け落ち、嘔吐してしまう――のせいで、この薬のもたらす結果が、がんのイメージを決定づけてしまっている。がんになってもほとんど外見に変化が生じない人もたくさんいるのだが、「がんの犠牲者」――映画的な意味で――は、この種の抗がん剤治療を受けた人とされる。私の治療がまずそれから始まったということは、いかに治療法に進歩がないかということの明白なしるしだろう。

アドリアマイシンを使用した治療は、患者に肺炎や心不全、臓器不全などを引き起こす可能性がある。そしてきっと、私に不妊と感染症を引き起こすだろう。というのも抗がん剤治療で使用されるほかの多くの薬物と同様に、アドリアマイシンは万能なる破壊者なのだ。中枢神経系にとっても有害で、投与して三時間後には私のミトコンドリアが反応し始める。それは最大二十七時間継続する。ただしダメージは治療後も止まることなく、通常数年間は持続する。点滴用の椅子に座っている間にも、私の脳の白質と灰白質が萎縮し始める。それが私をどのように変えるかを知るための特定の方法はない。抗がん剤治療によって脳が受けるダメージは累積的で、予測不可能だ。この薬は半世紀にわたって使用されてきたにもかかわらず、それが血液脳関門［脳血管の血液中の物質の脳組織への移動を選択的に制限する機構］を超えないために、その認知作用への影響を訴える患者の声を信じない医者もいる。あるいはそれを聞いても、がんにまつわるほかの種類の不幸と同様に、患者の不満が矮小化されてしまうこともある。

乳がんの治療のためにこの抗がん剤治療を受けた人たちのＭＲＩを見ると、「背外側前頭前野の左側中心部と運動前野の活性化の深刻な低下」や「左尾側外側前頭前野に見られる活性化の深刻な低下、誤反応の保続傾向、処理速度の低下」[2]といった視覚野へのダメージがわかる。患者たちは読解力や言葉を思い出す能力、淀みなく話したり判断を下したりする力や記憶力が低下したことを報告している。なかには短期記憶だけでなく、エピソード記憶まで失ってしまう人もいる。つまり、人生の記憶の一部を失くしてしまうのだ。

ドクターベイビーはこういった副作用についての情報を、最初の抗がん剤の注入を受けるための部屋に私を案内しながら、気軽に伝えてきた。それらは避けられない、と。それについてできることは何もないと〈あなたのがん治療の旅路〉にも書かれている。脳に損傷を受けた人生を「良質なユーモア」で耐えるほかない、と。副作用は治療の間じゅう続く。あるいはその一年後まで。あるいは治療後の数年間でもっと悪い状態になり、十年もしくはそれ以上にわたって続くかもしれない。[3]

＊

具合の悪い人が待合室に座っている。壁に寄りかかって座っていられるのも束の間だ。座っていられないくらい弱っていても、頭をぐったりと首につけてなんとか姿勢を保っている。がんパビリオンで治療を受ける病人たちは、どんなに具合が悪くても、そこで長い時間を過ごすわけではない。その人たちは、具合が悪くても仕事に行き、具合が悪くても家にいて、具合が悪いまま学校や食料品店や免許の更新に行き、車やバスに乗っている。なかには子どもたちやパートナーやボランティアや友人たちに車で送ってもらい、さらに家やアパートまで車で送ってもらう人もいる。そういうことすべてにも、がん治療と同じくお金が支払われるべきだ。

「クリニック」の語源はギリシャ語の「クリニクス」で、「ベッドに関連するもの」という意味がある。一方「パビリオン」という言葉はまったく別の構造を指し、競争や戦場を暗示している。「パビリオン」は将軍や王のいる場所であり、ほとんどの場合が一時的に作られた豪華な建築物で、隣接する何か別の強力なもののために建てられる。がんの場合、パビリオンが隣接しているのは「生活」と呼ばれる、治療以外のあらゆるものだ。

哲学者のミシェル・フーコーは病気にまつわる空間的な配置について有名な著作『臨床医学《クリニック》の誕生』[*2]を書いたが、『パビリオンの誕生』という本は見つからない。がんパビリオンを誕生させた母のような存在があるとは思えない。私のがん治療が行なわれる広くてせわしない場所では、ベッドなど見たことがない。

パビリオンの内部で行われていることは、一時的で、抽象的で、非永続的で、接続性がない。病人とその人の面倒を見るパートナー、子どもたち、両親たち、友人たちとボランティアたちは階から階へ、椅子から椅子へと動き続ける。医者たちにはオフィスと出張先のローテーションが割り振られていて、担当医がその日はどこにいるのかを知るためには電話をして確かめなければならない。

がん治療は誰か——患者ではない——の最大の利益のために組織化されている。つまりがん患者は最高のレートで最大の流通に乗せられているのだ。フーコーはこう書いている。「臨床医療において、方向性は常にひとつであるべきとされた。上から下へ、構築された知識から無知の方へ」[4]。いっぽうパビリオンでは、方向性は入り乱れている。知識があるか無知かではなく、お金と神秘化が重要なポイントになる。

＊

科学者たちが「赤い悪魔」として知られる薬を発見した場所は、一二四〇年代のイタリアでローマ皇帝フリードリヒ二世[*3]によって建てられた、カステル・デル・モンテのほど近くだった。その城には城壁も跳ね橋もなく、要塞として使われたことがあるとは考え難い。建築は完成しないままになっており、一時的な滞在のためにのみ使用されていたと考える向きもある。城は珍しい八角形の建築物で、のちに牢獄として、さらに伝染病の流行期には避難場所として使用された。その後ブルボン家によって大理石が剝がし取られた。それからさらに後になって、科学者たちがその場所の土を採取した。城の土壌をミラノに持ち帰った彼らは、ストレプトマイセス・ピウセチウス、すなわち私の治療薬の元となる鮮やかな赤いバクテリアを発見した。アドリアマイシンは、アンスラサイクリン系[*4]の一種である。つまりトポイソメラーゼIIという酵素を阻害するということだ。アドリアマイシンはこの酵素を阻害する働きにより、急速に増殖している細胞をすべて抑制する。我々が必要としている多くの細胞を抑制するだけでなく、我々が必要としないがん細胞を抑制してくれることが理想的だ。[5]

アドリアマイシンと合わせて、シクロホスファミド〔抗がん剤、免疫抑制剤〕という一九五九年に使用が承認された薬を投与される。ｄｄＡＣ療法[*5]と呼ばれる一般的な併用療法だ。シクロホスファミドは、バイエル社〔医薬品会社。アスピリンを開発〕によって「LOST（ロスト）」という名称ですでに開発されていた化学兵器を医療化した薬品である。マスタードガスとしても知られ、殺傷剤としてよりは身体機能の低下を促すものとして最悪な効果を発揮する。とはいえ人を殺すことも可能だ。第一次世界大戦では、前線の塹壕にはロストが巻き上げた鮮やかな黄色の噴煙が充満していた。[6]がんとの戦いでは、それはプラスチックのパウチに入っていて、パビリオンの誰もそれが何であるかを気軽に話そうとはしない。一九二五年に兵器としての使用は違法化され、その緩やかな形での閉塞効果は抗がん剤治療においてしか使われていない。使用の結果として感染症や不妊、がん、認知機能低下などが見られる。シクロホスファミドに身を晒すときには、戦争中であれ抗がん剤治療中であれ、誰かに手を握っていてもらうことが望ましい。

四回のドース・デンズ療法（ddAC療法）で昔ながらの薬を投与され、私のなかの多くのものが抹殺された。なかにはまだ半殺し状態の部分もある。けれどどちらの薬も、私の腫瘍をはっきりとわかるほど縮小させてはいなかった。あれほど細胞を壊滅させ、私自身が半壊滅状態なのも明らかなのに。私の腫瘍は無傷のままだった。最初にモニターに投影された光のなかにあった影と、まったく同じ大きさを保っていた。

＊

患者とは、システムを内包した物体である。やはりシステムを内包したほかの物体たちがひしめき合う連動的な諸システムのつながりのなかに組み込まれている。物体として、患者は機能する（従う）か、あるいは壊れる（従うことをやめる）。「従うことをやめる」とは「主体性を持つ可能性の片鱗を示す」ことを意味するかもしれない。すなわちたくさん質問をしすぎるとか、相反する調査結果を持ち込むとか、ある治療を拒むとか、常に少なくとも十五分は遅刻して待合室に現れるとか。

私は友人たちに伝える。もし私がこのがんで死んだら、遺体を切り刻んで送り付けてほしい。右腿はカーギル［世界最大級の穀物商社］に、左手はアップルに、両足首はプロクター・アンド・ギャンブル［略称P&G。世界最大の一般消費財メーカー］に、前腕はグーグルに。[7]

治療方針に従うことをやめてしまえば、自分たちを対象とする医療システムに抗うことになるのではないか、とがん患者は思い込むかもしれない。しかしおそらくそれは間違いだ。その特定のシステムに対する患者の不服従は、その人が自律的で思慮深く、知性的に不同意を示すことが可能な存在であるということの証明にはならない。それは「誤情報」や「迷信」など、妨害的なほかの諸システムによる介入と見なされる。

病人にとって、医療システムは目に見える動きのある現場だが、そのすぐ下や裏側、向こう側にも、家族や人種や仕事や文化やジェンダーやお金や教育といったほかのシステムがある。そしてそれらを超えたところに、そのほかすべてのシステムを内包するかに見えるシステムがある。そのシステムがあまりに網羅的で圧倒的なので、私たちはそれを世界だと誤認してしまいがちだ。

がん患者になるということは、あるシステムを内包する物体になることであり、そういう物体として、さらに別のシステムの内側にいるということだ。そのせいで、自分が中心点となるような残りすべてのシステムを部分的にしか認識できず、世界そのものの構成という最重要なシステムを完全に見失っている。がんというシステムもまた、そもそも最初から問題の一部であるシステム（つまり「私」）を内包した物体のなかにも潜んでいて、私たちの潜在的な不健康を必要とし、進行する不健康からさらに利益を得る。

私たちが「何もかもすべて」と誤認してしまうこのシステムは、がん患者のなかのがんのように、システムを内包した物体の内側にあるシステムを内包した物体に宿る。がん患者もまた、クリニックの内側にいるシステムを内包した物体であり、そしてそれらすべてが歴史というシステムを内包している。

広範囲にわたり、かつあらゆるものと誤認してしまいがちなシステムの形跡が残される。永久的で変えようがなく、解決策もない不公平なものだと私たちが誤認してしまうそのシステムは、患者の外側に存在する。すぐ近くにあって痛みを感じさせたり、目を細めて見ても、形すら認識できないほど遠くにあったりするのだ。

*

そして人々は離れていく。友人たちは消え去り、恋人たちは再びあなたに好意を持たれる可能性を断ち切るために姿をくらまし、同僚たちはあなたを避け、ライバルたちは興味を失い、ツイッターのフォロワーはフォローをやめる。離れていった人たちにとってのあなたという存在には、二種類の可能性がある。存在しうる物体《モノ》のなかで、最もモノ扱いしてよい存在（その誰かにとってはゴミのように捨ててしまえる）か、あるいはこの病気という状況のなかで最大限に人間らしい存在（見捨てられて、ひどく惨めに感じる）か。または、大変な病気のさなかには何事も起こりうるとあなたが学んだとおり、あなたはもっとも人間らしく、もっともモノらしい存在にもなりうる。

あなたを見捨てた人は、病気のあなたに声をかけたり、家に寄ったり、辛すぎて耐えられないと率直に伝えることをやめて、あなたの病気は彼らにとって（彼らの言葉を借りれば）「難しすぎる」と言ったりする。少なくとも部分的には常に健康なままの人物として、あなたを作り出そうとする。彼らにとってのあなたは不変で永遠だ。あなたを離れた人たちは、あなたが苦しみ、衰えていくのを見ることはない。彼らのその行為によって、あなたは永遠に病気になった時点のままだ。彼らの記憶のなかには、活発で変わらないあなたが残っている。髪は豊かで、才気煥発で、長いまつ毛が紅潮したほおに影を落としている。離れていく人たちは、そんなあなた以外は何も見なくてすむ。

モノとしての生のあり方に必要な意識をまだ育てていないあなたは、見捨てられることで完全に動物のような気持ちになり、自分を人間らしく感じられなくなる。メランコリーな動物になったような気分だ。どんなモノを見ても、自分ではなくて代わりにこれになりたい、と思ってしまう動物。シャンデリアに、または銀メッキのフォークに、壁に掛けられた山刀に。なんでもいいから（ベンチ、靴の折れたヒール、セミの抜け殻、電池のない懐中電灯、船についての本、床板のひび割れ、排水路に落ちたオークの葉、外科用のメス、粒子、屋根裏、超大型の小売店）なりたい、と願う。見捨てられた病気の動物以外のものなら、なんでも。世界中のどんなものでもいいからなりたいと願う。かつて一度は愛され、今は見向きもされなくなった、そんな動物でなければ。

＊

抗がん剤治療前の一週間は、冬の嵐に備えるように過ごす。あるいは冬の嵐と、これから家に滞在する来客を迎える準備をするように。または冬の嵐と、来客と、子どもの誕生。それからおそらく、それらすべてに向けて準備をしつつ、さらに休暇と、ウィルスと、短期間だが激しい鬱の発生にも備える。加えてそうしている間じゅう、ひとつ前の冬の嵐と来客と出産と休暇とウィルスと鬱が残していった影響に苦しみ続けている。

抗がん剤治療の前日、友人が到着する。できることなら私がそこにいたかったと思う場所からやってくる――カリフォルニアやバーモント、それぞれ別の州にあるアテネという町、あるいはニューヨークやシカゴ。そして、まさにそのままのことを感じる。まるではるか遠くから友人がやってきたようだ、と。その日の私は、健康な人に見えるためにできる限りすべてのことをする。ウィッグス・ドットコムやCVSやセフォラで揃えた道具を使った私のカモフラージュの巧みさを、友人は称賛してくれる。抗がん剤治療の前日、目覚ましをセットする時間や、パビリオンまで行くベストな道順といった具体的な情報交換に必要なこと以外はもう、抗がん剤治療についての話はしない。ただ友だち同士がするように時間を過ごす。野菜をローストし、音楽を聴き、ほかの友人たちのことや最近考えていること、政治の動向について興奮しながら話す。

抗がん剤治療の当日、私たちは早く目覚め、そして少なくとも十五分は遅刻する。カーラジオから流れる曲で、その日の治療がうまくいくかどうか予想する。「ボヘミアン・ラプソディ」(あまり良くない)、TLCの「ウォーターフォールズ」(まあまあ良い)。抗がん剤治療は、ほかの大半の薬物医療と同じく退屈なものだ。まるで死のように、自分の名前を呼ばれるまで長い時間待ち続ける。そして私が待っている間、パニックと痛みの元もやはり自分の番が来るのを待ち、私にまつわりついてくる。そういった意味で、この状況はまるで戦場だ。化学療法の美学は、これまで誰によっても決められてこなかったようだ。あらゆる観念的なものに通じる特徴だ。私たちは後から理解するようになる。服装、機械、音、決まった手順、そして建物の構造について。

防護服を着た看護師が、私のプラスチック製の皮下ポートに太い針を挿入する。まずは私の体内から何かが引き出され、次に何かが勢いよく流れ込んだり流れ出したりして、それから何かが点滴注入されていく。この何かが点滴されるごとに、私は自分の名前と生年月日を言わなくてはならない。

点滴で注入されるたくさんの薬のなかには、一般によく知られた明らかな副作用が出るものがある。例えばベナドリル［アレルギー症状を和らげる薬］、ステロイド、アティバン［不安と不眠症を治療する精神安定医剤］。それらの薬のもたらす感覚はこれまでも知っていたはずなのに、この状況ではまるで違っている。抗がん剤と混合されて新しい感覚が引き起こされる。各タイプの抗がん剤が添加薬物と混ざり合うことで、はっきりとした輪郭を欠いた、独自に掛け合わされたマッシュ状態が生じるようだ。

以前の私は時間に正確だった。今の私はいつも遅れる。前は、一杯のコーヒーでも体に影響をきたした。今の私は体内に堆積した泥のような薬物に対しても、半ば無反応にふるまっている。点滴を受けながら、友人に「ここでは、この世の薬物を最後の一種類まで注入されるの」と説明する。腫瘍科の看護師も同意する。「そう、その通り。彼女にはすべての薬物を与えてますよ」。

私は点滴室でいちばんおしゃれな人になろうとする。リサイクルショップで手に入れたゴージャスな服に身を包み、馬の蹄鉄の形をした金色の大きなブローチでまとめあげる。看護師たちはいつも私の服装を褒めてくれる。私にはその賛辞が必要なのだ。それから看護師たちは私に、ほかのさまざまな薬とともにプラチナ系抗がん剤を注入する。私はセカンドハンドの服で派手に着飾り、体じゅうの血管のなかにプラチナを巡らせている人になる。

抗がん剤治療が終わった後、私は倒れるまでは座っていようとする。諦めるまでは諦めない。すべてのボードゲームで勝とうとするし、自分か友人が読んだことのある本はすべて思い出すし、可能なら外出もするし、なんとなく甘えたり、ゴシップや分析を話したりして夜更かしをする。私の体内では、何かひどいことが起きている。ときにはそれを口に出して、一緒にいてくれる誰かに伝える。「私のなかで、ひどいことが起きてるの」そしてついに、四十時間後か四十八時間後、あるいは六十時間後に、私は動けなくなる。何を飲んでもどうせ痛みは治まらないけれど、医療に従順であるために、そして友人たちへの礼儀を尽くすために、私は何らかの痛み止めの薬を飲む。

それからゆっくりと滴るように、さまざまな状況が生じ、影響が発生する。一週間から二週間にわたって、毎日何かひとつは新しい問題が起きる。ひとつと言わず複数のこともある。そして私はまた、野心がちらつき始めるのを感じる。最初は異物だったものを、徐々に自分自身だと、あるいは障害を抱えた自分自身だと感じるようになる。障害を予見することは決してできない。まるで私の体の周囲に漂っている困難さが、あるシステムや体の部位に宿り、私がそれを補修するが早いか、すぐに次に移っていくかのように。

私はいつもしたいことをして、知りたいことを知り、行きたいところへ行く人間だった。今はこの病気のせいで孤立して閉じ込められた気持ちで、退屈でもある。でもいちばん大きいのは、自分と時間の流れがずれているという感覚だ。生き急ぎすぎているようでもあり、取り残されているようでもある。時間は、痛みや仕事や家族や死の運命や治療や情報や美学や歴史や真実や愛や文学やお金と同様に、がんのもたらす重要な問題なのだ。

2.

治療の影響が最大限に現れているときの乳がんは、ほぼ全身をあげてストライキ状態に入る。髪もストライキ、まつ毛もストライキ、眉毛もストライキ、肌もストライキ、思考もストライキ、発話もストライキ、感情もストライキ、活力もストライキ、食欲もストライキ、性愛もストライキ、母性もストライキ、生産性もストライキ、免疫系もストライキ。生殖能力の消滅、乳房の消滅。

自己管理しなさい、とみんながまるで私のボスであるかのように言う。もっとがんばって。前向きな気持ちを忘れないで。眉毛はちゃんと描きなさい。ウィッグをつけるか、カラフルなスカーフで頭を覆いなさい。滴型か半球型のシリコンを傷痕のある肌の下に埋め込みなさい。人工乳首を移植するか、思春期のようなピンク色をした乳首にそっくりな絵《トロンプ・ルイユ》をタトゥーしなさい。背中かお腹の垂れ下がる脂肪を除去して、胸の部分に足しなさい。疲れているときこそ運動しなさい。食べ物を見るのも嫌なときほどちゃんと食べなさい。ヨガに行きなさい。死に言及してはダメ。ロラゼパム［向精神薬。不安・緊張・抑うつの緩和のために投与される］を飲みなさい。いつも通りふるまって。未来のことを考えて。医者と協力し合いなさい。〈見た目が良ければ気分も快適〉講座に参加して、高品質なメイクアップキットを無料でもらいなさい。[8] 五キロマラソンに参加しなさい。セックス中はウィッグをつけるか外すか、夫に聞いてみるようにと本には書かれている。処置室への経路にあるサインには「家族の付き添いはひとりずつ」とある。売りに出された邸宅の看板にピンクリボンがついている。

*

痛みを伴う屈辱から脱するためには、クリシェ（決まり文句）という頼もしい手が助けになる。それとは反対だが、曖昧さもまた役に立つ。混乱状態という緩衝材に包まれたままでいることによって、実際に起きたことを感じないことができるかのように。

乳がん患者は、病気の前と変わらない自分たちでいるべきとされる。しかし同時に、前よりも優れて強くあれとも言われ、逆に見る側の胸が締めつけられるほど弱っているはずだ、という期待もされる。不幸は胸の内にしまい、みんなに勇気を与えるはずの存在であれ。誰もがYoutubeで見たことがある動画のように、ダンスしながら乳房切除手術に向かうべきなのだ。『セックス・アンド・ザ・シティ』で観たように、パーティー会場でサマンサと共に立ち上がってウィッグを脱ぎ捨て、晩餐の円卓を囲む客たちから、よくやった！　と歓声を浴びるべきだ。『Lの世界』[*7]のダナのように、惨めな自己憐憫を脱し、頭にスカーフを巻いたスタイリッシュな姿で街に出るのが望ましい。その後でもし死ぬことになっても、ダナの場合と同じように、寄付金を集めるスポーツイベントに友人たちみんなが参加してくれるはずだし、次のエピソードに移る前に、自分たちは確かに生きたのだと思い出す時間を持ってくれるはず、と考えるべきなのだ。

私たちは、患者としては明らかにそれらしく見えることを期待されるが、仕事に行ったりほかの誰かの世話をしたりする生身の自分としては、見るからに病人のようではいけない。いまや生身の人間としての私たちには、誤った英雄像を演じるという余計な仕事が課されているから。すべての患者はセレブリティのサバイバーで、手術の前に微笑み、手術の後にも微笑む。髪のない頭を隠さず、まぶしく輝いて、ユーモアがあって、目的を持って自分の姿をさらけ出す。ガイドブックのタイトルによくあるように、威勢が良くて、セクシーで、頭の切れる辛辣な女たち、またはガールたち、またはレディたち。呼び名は何であれ、そうならなければならない。あるいはアマゾンで売られているTシャツに書かれているように、私たちは常にがんに対して「絡む相手《ビッチ》を間違えたね」とはっきり言えるべきなのだ。

けれど私の場合、がんは絡む相手としてふさわしいビッチを見つけてしまった。すべての受験者が不合格になるように作られた試験の目的は、誰も合格させないためだと私もわかっている。そうすれば全員が自分は落伍者だと感じ、さらに全員が、自分だけがそうなのだと思い込む。

ウィッグをつけて、わかりやすさというゾッとする物語を拒み、背景に流れる音のようになることを好む者もいる。

私はウィッグが好きだ。私の好きな人たちもウィッグをつけている。ドリー・パートン［米国のシンガーソングライター］はウィッグだ。ビヨンセもウィッグ。啓蒙主義哲学者たちもウィッグをつけている。ドラァグクイーンも、エジプトの姫たちも、おばあさんたちもウィッグだ。メドゥーサは、蛇でできたウィッグをつけている。

*

もし治療に同意していなかったなら、不快感がやってくるのはおそらくもっと後になっていただろう。でもあなたは同意したから、不快感はいま起きている。木曜の朝、唯一の確かな世界は不毛で仮定的で、ピュレル［米国の洗浄ブランドGOJOの看板商品でもあるアルコール手指消毒液］の匂いがする。スズメが一羽、真っ直ぐにパビリオンの窓をめがけて飛んできて、元に戻り、また同じことをする。あらゆるものに、わざとどうでもいいような装飾が施されているように見える。詩人のジュリアナ・スパーがカリフォルニアから訪ねてきた。彼女と私でロビーの祈りのカードに言葉を書き込み、包み紙でラッピングされた靴の箱の切り込みから中に滑り込ませた。「祈りを捧げてください」と、私たちは書いた。「アメリカの詩のために」。

木曜に抗がん剤治療を受けて、血液検査とニューラスタのためにまた金曜にクリニックに来た。ニューラスタは白血球の生成を促し感染症を回避することを目的とした合成タンパク質だ。私が治療を受けていた当時は、一回のニューラスタの注射に七千ドルかかった。その注射を打たれたときも、私はいつも通りの抵抗の美学を身にまとっていた。シャガールの絵の青色をしたタイツ、ブロンドのウィッグ、柿色のヴィンテージのコート、そして――免疫系の衰えにともない――薄い紙製のマスク。

がんをめぐる淡い色彩の危険に飲まれないよう、いかにして安全を保つか。自分のなかにあるものから身を守るのだから内にこもるのは得策ではないし、自分そのものから身を守るのに自分自身から逃げても仕方がない。完全に自分の内側にあるものと、攻撃者や野生の動物が相手であるかのように戦うことはできない。もしそうするなら「笑い者になるのはあなた」で、自分自身と戦うことになる。まるで年上の子どもに腕を掴まれて、自分の手で自分の顔を殴らされたときのように。「自分を殴るのはやめろよ」と繰り返し言われながら、泣き出すまで無理やり自分で自分を叩かされる。がんに罹ったら、自分のなかで育っているものを理解することを学ばなければならない。それはあなたであり、あなたではないものだ。なぜならそれはあなた自身でありながら、すべてがうまくいけばあなたから取り出されるものでもあるから。そういう状況下で自己を愛するためには、自分のなかにあるがんを愛すると同時に、あなた自身を危険に晒すものとして憎むことが求められる。

「くたばれ、がん《ファック・キャンサー》」はまちがったスローガンである。[9] がんは自分のなかで育つ自分の体の一部だからという理由からだけではない。「がん」は歴史的な特異性を持ち、社会的に構築された曖昧なものであり、経験的に確立された一枚岩ではないのだ。がんについて書いている間ずっと、科学者たちが実際には存在しない、少なくともひとつのまとまったものとしては存在しないという意見で一致するものについて、私は書いている。「くたばれ白人優位主義の資本主義的家父長制的破壊性発がん性物質」とすればだいぶマシになるが、帽子に書くスローガンとしては長すぎる。ほかのあらゆるものと同様に、この世界も変化すると確証されているが、自分のなかの病気は永遠に生きるかもしれない。あなたの存在感が希薄になる一方で、病気がますます存在感を増していくかもしれない。けれどもしあなたが自分の病気を受けいれたり、それどころか愛したりさえするようになれば、それを手放したくなくなるのではないかと、あなたは心配になる。具合が悪いときには、病気を恋しく思うことなど絶対にないだろうと考える。けれど実際にはそうなるのだ。なぜならそれは、あなたが存在するための確かな方法を示してくれるから。それと同時に、将来性を持たない人生への鋭ぎすまされた視点、リスクにさらされたあらゆる人生を複眼的に洞察することのできる純粋さも与えてくれるから。

がんのパビリオンで服従しないことは危険だが、従うこともやはり危険である。患者は入念に考えられたプロセスを台無しにしてしまわないよう、指示に従うという規律を身につけなくてはならない。しかし医者たちが疲れていることや正確性を欠くこともあるし、偏見にまみれて救いようのないこともあり得る。たいがいの看護師は天才なのだが、医者のなかにはときに自分が何をしているのかよくわかっていない者もいて、従うと危険なのではと感じてしまう。医者たちはあなたを馴染みの存在と考えるようになり、あなたのことを最も理解していると思うようになる。あるいは彼らが答えづらい質問をすると、狭量な態度で報復的なふるまいをしたりもする。もしあなたが反抗的なティーンなら、まるで父親そのものだと思ってしまいそうなほどに。

ドクターベイビーとあだ名をつけた最初の担当医から離れなくてはならないと私は考え始めた。それが治療のスタンダードだと言われればそれまでだが、彼の施す治療から何の効果も感じられない。私はドクターのもとに自分で調べた研究例の資料を持ち込み、友人を連れていき、議論を持ちかけ、夜も眠れずにいた。彼は自分の仕事をうまくこなした。電話をかけてくれて、私の持ち込んだ研究の疑わしさを提示し、説得力のある議論をし、私の友人たちを説得しようとした。私は自分の人生をかけて、プットと戦っている気分になった。プットはルネサンス期にしばしば描かれた、装飾的なケルビムだ。私の友人たちは、治療にまつわる疑問について誰を信じるべきかわからずにいた。抗がん剤でダメージを受け、薬で朦朧としながら夜な夜なパブメッドを読み漁る混乱状態の私か。または禿頭の中年男性で、本人曰く「靴ひもを結ぶのはエネルギーの無駄遣い」だからスリッパ型のサンダルを履いているドクターベイビーか。ドクターは私と治療について議論しつつ、ローファーも持っているけど、クローゼットの一番上から出してくるのが面倒なのだと説明した。そのときの診療に同席した友人は、ドクターベイビーが靴の話をするのを聞いて、あれこそが人生は偶然のスロットマシンで決まるという説の、まごうことなき証拠だと言った。

私はもちろんドクターベイビーが好きだ。ドクターベイビーも私を気にかけてくれているのは明らかだ。けれど彼には、私が求める勇敢さが備わっていない。私にとってベストだと彼が考える治療法を選択しようとし、将来的な衰弱の影響を考慮すれば、より攻めた治療は若い患者にとってあまりにリスクが大きいからと説明を添える。私は彼に言い返す。最も攻めた治療を受けないことの方が、若い患者にとってあまりにリスクが大きい。スタンダードな治療の結果の生存数はとても受けいれられるものではないのだから。私は死にたくない、と彼に伝える。まだやり残したことがたくさんある。まだ時間が必要なことも明らかだ。私は必死に訴える、生きるためならなんでもします、と。

友人のカーラも加勢してくれた。目を細めながら、ドクターに「起こりうる最悪のことは？」と質問する。

ドクターベイビーは、長期的かつ重篤な副作用の数々を並べたあとで、カーラに向かって「死亡の可能性もある」とつけ加える。それから、私たちですら思わず彼を信じそうになるほど取り乱した様子で「抗がん剤治療で亡くなる人たちを見てきましたから」と言う。がんの専門医もまた、がん治療を恐れているのだ。

＊

セカンド・オピニオンを求めて別の腫瘍科医にかかる。私のがんは彼女の専門領域だ。彼女が患者に提示する治療計画は、自身の研究の促進のためもあり、非常に挑戦的で、それゆえ物議を醸しているのだと事前に知らされていた。私はそれでもいい、と思った。とにかく生きられるのなら。彼女の診療の予約を取ると、ドクターベイビーはがっかりしたようだ。そしてそれ以降、気分はどうかと電話をくれる先生から、同じ部屋にいるのに直接話をしてくれない人になった。新しい腫瘍科医は、私のトリプルネガティブの特定の型を知ると、あなたの考えは正しい、と言ってくれた。正しく先行研究を読めているし、私が求めている治療は彼女が効果的だと考えているものと完全に一致する、と。私は彼女の患者になった。

彼女は正しく、私も正しいが、ドクターベイビーもまた正しいのだ。新しい治療法は日常生活に支障をきたすものだ。治療中だけではなく、その後何年にもわたって。抗がん剤治療の急進的な基準に照らし合わせてさえ、行き過ぎにも思える。新しい医者は私の名前を覚えているかもあやしく、ドクターベイビーのような頼りなげな魅力や感情の激しさは皆無だった。けれど、私が自分に必要に違いないと確信していた混合薬注入の第一回目から数日のうちに、それまで抗がん剤治療を受けている間も私の胸で私を苦しめて怯えさせ、収まらない痛みの原因であり続けた腫瘍が、ついに痛まなくなった。

＊

かつて誰かが言っていた。抗がん剤治療を選択することは、頭に銃を突きつけられてビルから飛び降りることを選択することに似ている、と。死を恐れるあまり、飛び降りることを選ぶ。死のなかでもとりわけ、痛みと醜さを伴うタイプの死、つまりがんを恐れるがゆえに。または、生きたいという欲望があるからこそ飛び降りる。その人生の残りの期間がすべて、苦痛に満ちたものになるとしても。

そこにはもちろん選択肢があり、自分で選ぶことができる。けれど、それが本当に自分の意志によるものだと、心から感じることはできない。ただ受けいれるだけ。他者を落胆させることへの恐れや、それくらい苦しんで当然だとみなされることへの恐れのために。再び健康を感じられるかもしれないという希望や、自分自身の死に対する責任を問われることへの恐れのために。すべてを乗り越えていけるかもしれないという希望や、一般的には従って当然と考えられている、あらゆる形の自己保持のための自己破壊に従うことができない人間だと名指されることを恐れるために。あなたが甘んじてしまうのは、服従が習慣化しているためだ。教師がテスト用紙を配るとき、あるいは法廷で廷吏が「全員起立」と言うときと同じように。牧師が祈りを促すときや、警察に「ここで立ち止まるな」と怒鳴られたときのように。あなたが受けいれてしまうのは、現在の服従の結果として、数年後に服従を求められなくなるはずだという希望のためだ。あるいはそれ以外の選択肢が、人参ジュースを飲むこと、そして、自ら細胞増殖を起こして死ぬこと以外にないからだ。死を免れない自らの脆弱さを否定し、突発的な寛解について書かれた哀れなメモを部屋じゅうに貼って。

生きたいという欲望は必須だが、それに加えて自分が生きながらえるべき価値のある人間だという信念も欠かせない。がんの治療には、苦痛を伴う上に高額で、環境にとっても有害な人工的に抽出された薬物が必要とされる。生き延びたいと望んでいるということは、私はまだ生存の倫理を解明できていないということだ。私に処方された抗がん剤のうちのひとつ、シクロホスファミドは部分的にしか濃度が薄まらないまま尿となって排出され、水処理技術によっても部分的にしか除去されず、公共の上水道に四百日から八百日間残存する[10]。

もうひとつの薬カルボプラチン[*8]は、製造業者の報告書の説明によると、水域環境に蓄積されるという「環境動態」を持つ。そこにそのまま残るわけだが、どんな害を与えるのかは、まだ誰にもわからない。私の抗がん剤のうちのひとつはヒマラヤイチイ[*9]から抽出されるが、この木は二〇一一年から絶滅の危機に瀕している[11]。二〇一七年のがんにまつわる支出は一三〇〇億ドルで、百ヶ国以上の国のGDPを上回っている[12]。一回の抗がん剤治療にかかる金額は、当時の私がそれまでの人生で稼いだことのある年収の最高額を上回っていた。

私にとって問題なのは、数百万ドルに値するほど生きたいと強く願いながら、昔も今も変わらず答えられない問いがあることだ。なぜ自分がその贅沢な生に値すると言えるのか。なぜ私は、市場で金儲け屋たちの標的として使われるような自分の抱えるトラブルを、すべて気前よく差し出すことに同意してしまったのか。私が存在し続ける代償をこの世界に払うとしたら、あと何冊の本を書かなくてはいけなくなるのだろうか。

そして治療のあとで、私の体がボロボロなとき、まるで部品が落下し続ける車のようなとき、「障害を持つアメリカ人法」に定められた「日常生活の基本的な活動」をうまくこなせないとき、私は考えた。あの大金が私の体を通り抜けて行ったのに、私はこんなにもひどい状態のままだなんて。がんのあとで私が呼吸するたびにかかっている金額を計算したなら、空気を吸ってストックオプションを吐かなければ割に合わないくらいだろう。私の人生は贅沢品になったが、私は蝕まれ、損なわれ、不安定だった。私は大丈夫ではなかった。

原注

1 ダン『不意に発生する事態に対する瞑想』

2 Fran Lowry. "'Chemo Brain': MRI Shows Brain Changes After Chemotherapy." *Medspace*, Nov. 16, 2011, www.medspace.com/viewarticle/753663

3 Tim Newman. "How Long Does 'Chemo Brain' Last ? " Medical News Today, *MediLexicon International*, Aug. 19, 2016, www. medicalnewstoday. com/articles/312436.php.

4 ミシェル・フーコー『臨床医学の誕生【新装版】』神谷美恵子訳、みすず書房、二〇二〇年。ここでの引用は訳文に変更を加えてある。

5 G.Cassinelli. "The Roots of Modern Oncology: From Discovery of New Antitumor Anthracyclines to Their Clinical Use." *Advances in Pediatrics,* U. S. National Library of Medicine, June 2, 2016, www.ncbi.nlm. nih.gov/pubmed/27103205.

6 Sarah Hazell. "Mustard Gas-from the Great War to Frontline Chemotherapy." *Cancer Research UK- Science Blog,* Aug. 24, 2014, scienceblg.cancerresearchuk.org/2014/08/27/mustard-gas-from-the-great-war-to-frontline-chemotherapy/.

7 アーティストで活動家のデヴィッド・ヴォイナロヴィッチが一九八八年に着ていたデニムジャケットの背中の言葉から。「もし私がエイズで死んだら、埋葬なんてしなくていい。ただ私の遺体をFDA（アメリカ食品医薬品局）の正面階段に投げ落として」。

8 アメリカがん協会のウェブサイトによると〈見た目が良ければ気分も快適〉プログラムは、一九八九年にパーソナル・ケア・プロダクト・カウンシル（当時の名称はコスメティック・トイレタリー・フレグランス・アソシエーション、通称CTFA）という、コスメ業界による後援を受けたチャリティー組織が創設し、展開した。アメリカがん協会（ACS）と、プロフェッショナル・ビューティー・アソシエーション（通称PBA）という、ヘアスタイリストやウィッグの専門家、メイクアップアーティスト、またコスメ業界のそのほかのプロフェッショナルを代表する全国組織が協賛した。がんの患者である女性を対象とした二時間のワークショップで、無料のメイクアップキットが配布されるほか、「気になる部分」をカモフラージュする方法をアドバイスしてもらえる。ブレスト・キャンサー・アクションによると「寄贈された化粧品の多くが、がん発症のリスクを高めるとされる成分や、実際に乳がん治療に支障をきたすような成分を含んでいた」。

9 ピンクリボン商品ほど広まってはいないが、すでに「ファック・キャンサー」Tシャツだけで、同じものを二度着ないで洗濯もすることなく一ヶ月か二ヶ月は過ごせそうなほどの種類が出ている。宝石に刻むスローガンとしても人気がある。Etsy（米国の電子商取引サイト）では「ファック・キャンサー」と「ディス・トゥー・

シャル・パス（これもまた過ぎゆく）」というフレーズを組み合わせた商品が売られている。

10 Ester Heath et al. "Fate and Effects of the Residues of Anticancer Drugs in the Environment." *SpringerLink*, June 28, 2016, link. springer .com/ article/10.1007/s11356-016-7069-3.

11 Hanna Gersmann and Jessica Aldred. "Medical Tree Used in Chemotherapy Drug Faces Extinction." *The Guardian*, Nov. 10, 2011, www.theguardian.com/environmenta/2011/nov/10/iucn-red-list-tree-chemotherapy.

12 Meg Tirrell. "The World Spent This Much on Cancer Drugs Last Year…" CNBC, June 2, 2016, www.cnbc.com/2016/06/02/the-worlds-2015-cancer-drug-bill-107-billion-dollars.html.

訳注

＊1 がん細胞のＤＮＡに入り込み、その成長を止め、死滅させる作用を持つ赤色の薬。脱毛他の副作用がある。

＊2 原題『*Naissance de la clinique*』人間科学の医学的基盤とは何か。十八～十九世紀の認識論的切断を問い、『言葉と物』の先駆をなす、初期フーコーの代表作。

＊3 （一一九四－一二五〇）神聖ローマ皇帝。ドイツ王を兼ねながらシチリアを拠点とし、イタリア統一を目指した。アラビア語も含め九カ国語に通じ、文芸を保護。ナポリ大学を創建。

＊4 乳がん・卵巣がん・血液腫瘍など多くのがん種に対する標準治療に用いられる抗がん剤。薬物が蓄積すると心臓機能障害を引き起こすので総使用量を厳密に把握・管理しなければならない。

＊5 (dense-dose AC Chemo) アドリアマイシンとシクロホスファミドを同時投与する療法を、三週ごとから二週ごとに短縮して四サイクル投与する乳がん後化学療法。

＊6 第二次大戦中に開発された毒ガス。人間の白血球数を減らす作用があり抗がん剤として応用された。

＊7 〇四～〇九年、米国で放映。ＬＡを舞台にレズビアンやバイセクシャルの女性の恋愛を描く連続ドラマ。

＊8 プラチナ（白金）を含む金属化合物。がん細胞内の遺伝子本体であるＤＮＡと結合することにより、がん細胞の分裂を止め、やがて死滅させる。

＊9 ネパールで古くから伝統薬として用いられてきた針葉樹。抗がん剤タキソールの主要な原料のひとつ。

病床にて

哀れな、（万人に共通ではあるが）非人間的な姿勢よ。病床にじっと寝て、私は墓で寝る練習をしなければならない。それなのに、起き上がることにより、復活の練習をすることは許されないのである。

ジョン・ダン『不意に発生する事態に関する瞑想』一六二四年（湯浅信之試訳より）

1.

「若いうちに死ぬ」という考えは、老いなど想像したくない人のパンク的美学に限定されるものではない。かつて十代の私たちは二十八歳までに死にたいと願い、それが叶わなかったときはせめて四十までには、と思った。そして夭折願望にとっては明らかな敗北である四十歳がやって来る。「急いで生きて、若いうちに死ね」というフレーズを唱える者には理解できないだろうが、人は生き急ごうと色々やってみたあげく、必要に駆られてペースダウンすることもある。老いて死ぬまで興味深い人生を、他者と共に送ることもできる。

ところが、誘いを断る機会がないまま、もともとなんとなく望んでいたものがやって来る場合もある。性的な魅力のあるうちに死んで、人々の記憶に残るという栄誉が提示される。かの有名な、人々が愛してやまない死のあり方。かつてあなたがあるバンドマンの男に忠告された通り、「求められているうちに去れ」が実践できるかもしれない。これまでに愛したほぼ誰よりも早く死ぬかもしれない。先立たれる悲しみや、地球温暖化や、社会保障制度の崩壊を、経験しなくてすむ。

その場合、伝記《バイオグラフィ》は存在しない生の一形態として、もはや当人は認識し得ないロジックになる。それはバイオグラフィではなく肖像《イコノグラフィ》であり、聖母マリアを称えるように、それまで生きた人生の意味を輝かしく示す。到着したばかりのゲスト「もしかしたら早死にするかも」があなたに近寄り、耳元で聖人伝《ハギオグラフィ》の話をしてあなたをおだてる。いまチェックアウトすれば、不変で不朽の潔白な人でいられますよ、などと言って。聖人のように死ぬことはできなくても、道徳的な過ちという負荷がこれから先、少なくとも増えることはない。

ただし、死んでしまった女は書くことができない。ジョン・ダンが「花《ブロッサム》」という詩に書いた通りだ（そこでの意味は私の考えとは異なるが）。「目には見えない　思考する裸の心　それは女にとっては」――つまり私にとっては――「幽霊のようなものにすぎない」[1]。

*

髪がなくなり、食べ物の味を感じなくなり、パンを切るナイフを買うために入ったイケアで気を失って倒れ、元恋人たちが最後に一度だけ私をベッドに誘おうと続々と訪ねて来るようになり、思いやり深く屈辱的なクラウドソーシング型チャリティ企画から数ヶ月にわたるオーガニック製品の提供を約束され、私は「患者」になっていった。これまでのやり方は完全に終わった。どの地平も薬なしには成り立たない。「病人」と「健康な人」以外の、特定のアイデンティティを決定する要素は別の時代のものになった。がんが介在しない領域はない。

今はどんな映画を観ても「がん患者ではなさそうな人しか出てこない作品」に思える。少なくとも私にとっては、それがプロットだ。クリニック以外の場所にいる集団は、私に孤立感を与えるためにキュレーションされた集団のように感じる。どんな場所でもすべての人は丈夫そうで、まつ毛も抜け落ちていない。夕食に向けた食欲があり、引退後の人生計画をしっかり立てていそうに見える。私はがんによって印づけられている。私たちが何かによって印づけされていない場合、私たちを私たちだと決める印がどんなものだったのか、もうはっきりと思い出せない。

とはいえ私は病気になる前から存在していた。日記をつけているから、ちゃんと証拠もある。私が病気にかかることになる二〇一四年、元日。私は四十歳で、生活のために美術系の学校で教えていて、娘は八年生だった。カンザスシティ郊外の寝室が二部屋あるアパートに娘と暮らし、月に約八五〇ドルの家賃を払っていた。ありふれた細々としたことを日々律儀に記録していた私の日記によれば、その日の私は、救世軍で買った虫食いのあるカシミアのオーバーサイズの赤いセーターを着ていて、少し風邪気味だったらしい。新しい年をウィルスと共に迎えることに希望を感じる、と書いている。発熱のおかげで私のなかから前の年が焼き出され、新しい年がまっさらな形で訪れるかのようだ、とも。なぜならどんな病気も、死をもたらすものでない限り、罹れば人は火のように燃えまた新しくやり直す、ただそれだけのことだから。その翌日にアン女王風のヴィンテージの四柱式ベッドが配達されるのを、私は心待ちにしている。委託販売の店で、二八〇ドルで買ったものだ。届いてから二十六週目、四十一歳の誕生日の翌週に、それは私の病床になった。こんなに悲惨な家具を持つことは、きっともうないだろう。

＊

ベッドより悲劇的な家具はない。愛し合う場所から死を迎える場所へと、一瞬にして変わってしまう。眠る場所から、自分は狂っているのではないかと考える場所に転じる悲劇もある。誰もが愛し合える場であるベッドは――病気でそこを動けない誰もがはっきりと感じることだが――そこから再び起き上がれない墓場でもある。ジョン・ダンが描写したように。

垂直な生活。あなたは健康で、またはほぼ健康で、歩き回っている。頭上の空間が、天国と触れ合っていることを想像しながら。体の中で一番高い、頭のてっぺんの部分の面積はかなり狭い。つまり大気に触れているという感覚は少なく、視線は上を向くというよりも外に、活発に動く世界の方に向けられている。あなたは主に、その現実の世界に対して反応を示している。そして主に夜の間、夢を見ている間に、空想の世界が一時的に拡大して天井の空気がかぶさって来る。これが少なくとも当時、私が姿勢と思考の関係を説明するためにベッドの中で考えていた、魔法の理論のひとつだ。

さてあなたが病気で水平の状態にあるときには、空や空に近い大気やあなたの上にあるものが常にあなたの体全体を覆っている。空気と交わる部分が広くなり、過度な想像の危険性につながる。ずっと水平でいることで、認識の諸形態が巨大化し、投影されるのだ。常に横になっているということは、上を見上げてばかりいるということでもある。

*

ベッドの中の病人。もし幸運ならば、愛の保護を受ける者だ。そうでなければ、自由に動き回ることから見放された孤児だ。これまでの人生で積み重ねてきた、ベッドの中で起きたことの美しさは重力によって輝きを失う。痛みによって、夢も息苦しいものになる。病気でいる間は、ベッドでのあらゆる喜びが新しく建った不安の家の背後に消えてしまう。

ハリエット・マルティノー[*1]は一八四四年の著作『病室での生活』に書いている。「言葉で表すのが最も不可能なのは（略）生死の境目に横たわって、そこから見ている経験についてだ。考える以外にすることもなく、注意深く見ているものから学ぶことについて[2]」。

ヴァージニア・ウルフの母親であるジュリア・スティーブン[*2]もまた、病室にまつわる論考を書いた。一八八三年の文章では、病人の世話をする者に対して次のような指示がある。病床の患者が「突拍子もない」空想をしていると感じるかもしれないが、それは現実を知覚する能力が高度化したものであり、あまりに具合が悪いために「その苦痛を通して感覚が先鋭化されている」人の「繊細に組織された[3]」精神がそうさせているのだ。

ジョン・ダンの『不意に発生する事態に関する瞑想』のなかには、そのような高度化を見事に実演してみせる箇所がある。地獄のような精神状態というプラットフォームから発せられた、取扱説明書だ。病気によって、思考は新しく現れた知覚の超宇宙へと導かれる。ダンはこう書いた――

「人間は世界よりも多くの断片、部分からできている。世界よりも多くのものを持ち、大きいのである。もし、人間のなかで、世界に於けるが如く、これらのものが拡大・拡散すれば、人間は巨人となり、世界は小人となる。世界は地図となり、人間が世界となる。もし我々の血管が川となり、筋が鉱脈となり、幾重にも盛り上がった肉が山となり、骨が石切場の石となり、その他の部分が此の世でそれぞれ対応するものの大きさになれば、大気ですらこの人間という天体を入れるには小さ過ぎるであろう。大空ですらこの星がやっと入れる大きさであろう。此の世にあるものは、全て人間のなかにそれに対応するものがあるが、人間のなかには世界が対応するものを持っていないものが多くある[4]」。

健康な人間のアストラル投射[*3]は、大気圏内にとどまることがほとんどだ。しかし深刻な病気で苦しんでいる人間はそれを逃れるために、衰弱した体という痛みの殻から飛び出して、自分たちがある領域から別の領域へと境界を超えていくと考える。痛みがあまりに強大だと、歴史や時速のことなど意識していられない。だからこそ病床は、ほぼすべての天才やかなり多くの革命家を育てる場所になってきたに違いない。

病気によって、体の各部位や器官系が存在感を発揮し始める。病床で、病人は自分の内部がバラバラになるような感覚に陥り、分散したものたちが秩序《コスモス》ある宇宙に押し寄せるように感じる。臓器や神経、部位や様相が、自ら拡張する個別のものとして名乗りをあげるのだ。例えば機能不良の左の涙管は、新しい銀河。死にかけている毛包（毛根を包む組織）は、太陽系。右足の薬指で終わりかけている神経――抗がん剤の影響で今にも飛び出しかけている――は崩壊寸前の星。

長い時間横になっていると、非常に微小なことを心配する習慣も引き起こされる。病床では、病気が次のようなものを照らし出しもする。小ささ、みすぼらしさ、自己没頭、非一貫性、個人の財源、家庭経済、社会秩序。ヴァージニア・ウルフの母親は、ごく小さなものが病人には重大な作用をもたらしうることを理解していた、「病気にまとわりつく小さな諸悪のうち、最小でありながら悲惨さという意味では最大なのが、パンくずである。たいていの物の起源はすでに解明されているが、ベッドの上のパンくずがどこから来るのかということについて、科学界における注目はまだ十分に集まっていない[5]」。

病気になると、過剰に考え事をする余地が生じる。そして過剰な思考は死を思うことにつながる。けれど私はこれまで常に、経験を求めて飢えてきたのだ、経験の中断ではなく。私の体が私に与えられる痛み以外の唯一の経験が思考という経験であるなら、野生的で死に近しい思考に自分を開くことも許されるべきだ。私はメール何通かにわたって友人たちにインストラクションを書き送り、そのなかで警告しておいた。「私が死について考えるのを、止めようとしないこと」。

＊

ジョン・ダンが病気になり、病床の傑作を執筆した十二月からさかのぼること二年前の一六二一年、フランドル地方の無名の画家もまた彼／彼女の傑作を描いていた。「死の床に横たわる若い女性」は病床の場面を描いたヨーロッパ絵画の伝統のなかでは珍しい作品だ。それは実際に若くして死ぬこと、その真に迫った恐れを描いている。若い女性の肌は臘を塗ったようで、視線は焦点が合わず、こわばった姿勢には怯えが現れ、両手はだらりと垂れて指先が鉤《かぎ》爪《づめ》のように丸まっている。彼女を取り巻く環境は悪くない。なめらかそうなリネンとベルベット、寝具と調和した壁紙。けれど世界中のどんな快適さも、その状況を前にして快適にはなり得ない。

クレオパトラの死はもう少し見栄えがいい。あるウェブサイトによれば、彼女が死んだのは「八月十二日、年齢三十九歳。最も美しい装具を身につけ、黄金の長椅子に身を横たえ、両手には王家の紋章が握られていた」。さまざまな絵画に描かれたクレオパトラは、ほとんど常にベッドか長椅子に寝そべり、まるで恋人を待っているかのように見える。あらわになった胸――たいていは左の乳房――には彼女が自らの手で官能的に導き乳首まで這わせているエジプトコブラの危険が迫っている。ギリシャ悲劇でも、女性たちが死ぬのは、眠ったり、愛し合ったり、出産したりする場に限定される。古典学者のニコル・ロロー［（一九四三―二〇〇三）フランス人歴史家。古代ギリシア研究者］が女性の悲劇的な死についてこう記述するように。「男性のように自ら命を絶つときですら、彼女たちは女性らしく、自分のベッドで死んでゆく[6]」。

クレオパトラがどのように自殺を図ったのかは誰も知らない。彼女の同時代人の推測では、イチジクか花のかごに隠れた蛇一、二匹、あるいは毒を塗ったヘアピン、死に至る軟膏。プルタルコス［（四六年頃～一二〇年頃）帝政ローマのギリシア人著述家］によれば、オクタヴィアヌスは不朽のセックスアピールがあるとして、コブラ説を好んでいた。それは凱旋式の描写にも表されている。「長椅子の上で死んだクレオパトラの像が運び込まれた。つまりある意味で彼女は、壮大なスペクタクルの一部であり、一種の戦利品だった[7]」。

匿名の画家によって描かれたフランドル地方の絵画のなかの匿名の若い女性の苦しむ姿は官能的ではなく、彼女は誰の戦利品でもない。彼女はあらゆる点で、若くして死ぬことの誘惑に抵抗しようとしている。それは画家のマルレーネ・デュマス［（一九五三―）南アフリカ出身、オランダで活動する女性画家。性差別、性をテーマにした肖像画も多い］がゴヤの「運命の女神たち」を初めて見たときの記述にも通じる。「悪魔が入って来ないようにと、私は自分の口を押さえた」[8]。

*

私はひとり病室にいた。ナースコールのボタンが床に落ちてしまい、手の届かないところに行ってしまった。ベッドから降りることもできなかった。なくてはならないコールボタンに誰かが貼った、ディズニー映画の王子様のステッカーが見えた。こんなジョークが書かれている「いつか王子様が（Someday My Prince Will Come）」。

「私が病気になったら、どこかの裏に連れ出して撃つと約束して」職場の同僚が言った。ときどき「……するくらいなら死んだほうがまし」と伝えてくる人がいる。この省略記号の部分に入るのは、私が生きるためにしなければならないことであり、彼らはそれをするくらいなら死ぬ、と言うのだ。

乳がんをフェティッシュ化するサイト――肌の白い若いスターたちの写真を集め、彼女たちの架空の乳がんの診断、治療とその結果をエロチックに描写する――の管理人はこう書いている。「美しく完璧な女性たちが、進行していくがん性のしこりを持ち、それが彼女たちの体や生活を破壊するさまを想像すると、私のなかで大きな悲しみと感情の高ぶりが生じて、その反応が性的な興奮を引き起こす」。記述はさらに続く。「思い浮かべてほしい。ひとりで、あるいは恋人とともに、彼女たちが服を脱ぎ美しく完璧な肉体を見せる。想像してほしい。彼女の、あるいは恋人の手が完璧な乳房へと伸びていく。そしてそこにしこりを発見する。彼女たちの感じる恐怖と衝撃、そして絶望を思い浮かべてほしい。とても若くすべて完璧で、そしてその胸にはがん細胞がはびこっているのだ」。

「こうしたものと正面から向かい合うのは、ライオン使いの勇気、強固たる哲学、大地の内奥に根づいた理性を必要とするだろう[9]」。ヴァージニア・ウルフは『病むことについて』でそう書いた。このエッセイで彼女は、病気であることについて書かれた優れた文学作品はないと主張する。病気であることについて書かれた優れた文学作品はないという主張は、病気であることについて書かれた優れた文学作品のほぼすべてにおいてなされる主張だ。

調子のいい日には美術館を訪ねて、トマ・クチュール〔（一八一五―一八七九）フランスの歴史画の画家、美術教師〕による一八五九年の絵画作品『ピエロの病気』を見る。そのなかでは、若い道化師が白い服を着てベッドに沈み込んでいる。仲間の道化のひとりであるハーレクインが顔を背けて壁に向け、悲しみを表す姿勢をとっている。年配の女性が何か聞き出そうとするように病床の道化師の方に体を傾けている。啓蒙主義者らしい服装の医師は患者から視線を外し、ストッキングを穿いた脚を組んで座り、脈を測るために道化師の方に手を伸ばしている。病気の道化師は、かつてはパーティの主役だったのだ。少なくとも彼のそばに並んだワインの空き瓶がそれを示している。しかしいまや彼の体の半分は寝具に隠れ、彼を真っ直ぐに見ようとしない医師にも、嘆きを止められない友人にも、見つめるけれども触れようとしない老婆にも、彼を助けることはできない。道化師は死んでしまうだろうと思える日もあり、彼はきっと良くなるだろうと思う日もある。しかし何度訪れても、彼がベッドを離れた気配はなさそうだった。それが芸術の抱える問題なのだ。病気の道化師は常に病気のままである。

芸術作品になれるのは、ある種の特別な病人だけだ。みすぼらしいベッドに横たわる病人が登場することなどほとんどない。それが芸術家たちによって見事に美しく描かれたみすぼらしさである場合以外は。そして地上のどんなベッドも、人々が病気になり死んでいくほかの場所よりみすぼらしくはない。私は、収監された女性が乳がんで苦しむ絵画がルーブルの壁にかけられているのを見たことがない。田舎町の救急外来の駐車場に停めた車の中で苦しむ人の絵画がメトロポリタンの壁にかかっているのも見たことがない。あるいはホームレスのための屋外テントの彫刻がヴァチカンに、多数の自殺者を出したフォックスコン社の工場[*4]についてのインスタレーション作品がウフィツィ［イタリアのフィレンツェにあるルネサンス絵画で有名な美術館］に展示されているのも見たことがない。

さらに私は、病床の場面がそこに横たわる人の視点から描かれているのも見たことがない。病気の人が自らの病床の場面を描くことの問題点として考えられるのは、それが大きさに限りのあるキャンバスに収まらない可能性があることだ。あるいは測れないほど小さく、収容できないほど大きくなってしまうかもしれない。それは時間軸の外側で手がけられ、歴史の内側で行われ、直線的に進む時の流れからいま現在を解放し、空白もまた要素となるように内容を再編成し、負の要素こそがほぼすべてになるように美学をも再編成するものになる。そんな絵画を作り出すのは、難しいに違いない。

2.

皿を洗うことは、自由とは異なる何かだ。自由がなんであれ、それは皿洗いとは違っているからこそ認識される。ありきたりなことをありきたりにするのは、そこにありきたりに繰り返される何かがあるからだ。「ケアすること」には、自由に付随する娯楽性や意外性が欠けている。

皿洗いという物語の作者にとって、その作品の最良の部分は、皿が洗われている間にそれ以外のあらゆることを見逃してしまうという筋書きにあるだろう。あるいは、洗い手は皿を扱うモダニスト作家になって、キッチンシンクという現実の場所から逃げ出そうとする意識の流れを描写するかもしれない。しかし、そのようにさまざまな方法で皿洗いについて書いたとしても、皿洗いのいちばん重要な部分は、たやすく見逃してしまいがちである。つまり、皿洗いそれ自体はおもしろくも特別でもない仕事であるということ、けれどほかのあらゆるすべてのことが、皿洗いの仕事にかかっているということだ。

洗われるべき汚れた皿のような、いますぐなされるべき行為を必要としているものは語りを生産しない。それが生み出すのは、何枚の皿を洗い終えたか、といったような量的な成果である。それはまた、いつ、どれくらいかかって皿を洗ったのかという、時間的に計測可能な成果も生む。物語には終わりがある。量的な成果、時間的な結果、そして洗うべき皿の出現にはいつまでも終わりが来ない。

皿はカテゴリーや区分を生み出すかもしれない。ある種の皿は洗われ、別の種類の皿は洗われないかもしれない。ある種の技術が使われ、別の技術は使われないかもしれない。皿洗いを考察した結果、皿を洗う空間やそのための技術、道具や器具、インフラや経済の状態についての記述がなされる可能性もある。そうした皿洗いのような仕事は、それが行なわれなければどんな危機が生じるかということを実証するものでもあるかもしれない。汚れた皿が積み上がり、悪臭やゴキブリがやって来る。あるいは皿洗いの物語では、階級や人種やジェンダーについて書かれることになるかもしれない。例えば現在の世界において、皿を洗う立場に位置付けられているのは誰なのか、そうではないのは誰か。

皿洗いは、必要性から生じるより大きな一連の関係性の内側に取り込まれる。私たちは物質としての肉体《ボディ》を持っている。それらは世界のなかのより大きないくつかの集合体《ボディ》のなかに、その狭間に存在する。それらすべての体《ボディ》――私たちの、そしてそのほかすべての――が衰えるのは必然であり、それらは常に壊れつつあるか、その瀬戸際にいる。衰退や崩壊を逃れられずに。例えば毎回皿を洗うことのように、私たちの存在が当たり前のように変わらず続いているということは、その衰退の行く手を阻むことなのだ。

世界を作るという仕事がある。世界を好ましい外観にする仕事だ。そして、ひとたび生じた世界をつつがない状態に保つという、より静かな仕事がある。世界を作り出すことは形のある喜びだが、世界の残りの部分の性質も明確にしなくてはならない。ときによく見えないものを認識する力や、私たちがお互いに交流するための努力を評価するのは難しい。この世界を常に自明のものとならしめているものの周辺に、私たちが常に作り出している日常の空間がある。そこに美しさを読み取るのは難しいことなのだ。

3.

登場するがん患者はたいてい誰かの母親だ、少なくとも本のなかでは。あるいは誰かの姉妹か恋人、または妻。文学におけるがんは、患者である当人以外の他者が何らかの気づきを得るために利用する道具として存在するようだ。そして病気は、病人の見た目を描写することによって表現される。病気になってから私が参加した詩の朗読会で、ある詩人が彼女自身ではない誰かのがんについての詩を、ほとんど泣き叫ぶような調子でいくつか読んだ。その後また、別の朗読会で別の詩人も同じことをした。がんなのはいつも母親だ。私の元に届いたある本では、死期が迫りひどくやせ細って青白くなってしまったがん患者の母親を、やせて青白く美しいことで知られるありとあらゆるものになぞらえている。それらはみな文学作品としては悪くないのだが、どれをとっても許しがたい。

かつてハンセン病の患者は「神に捕われし者」と呼ばれ、人々が慈善を行なう機会を与える存在だった。どこの街にやって来るときも、彼らは自ら「私は汚《けが》れた者です。汚れた者です」と叫んだ。[10] 私たちがん患者は、自分たちの見た目によって「私を利用して、私を利用して」と叫んでいるのだろうか。

かつては私にも髪があった。私はそれをブラシで梳《と》かして、頭のてっぺんでゆるいお団子にまとめていた。そうして顔を洗い、化粧水と美容液をトントンとつけ、パジャマを着て、きれいに整えたベッドに潜り込み、眠りに落ちるまで本を読み、朝が来ると目覚めて髪をまた下ろし、洗面所に行って鏡を見て、夜の間に自分に何か変化が起きていないか確認した。それから日焼け止めを塗って、マスカラとアイライナーと口紅とイヤリングをつけ、マニキュアが剝げていないかチェックして、洋服とセックスに喜びを見出し、空腹と食欲を感じたものだった。いま思うと、鏡をのぞいてシワを探していた自分がいかにも近視眼的で恥ずかしくなる。肉体的な喜びをむやみに求めていたことも恥ずかしい。値打ちのあるものでいっぱいだと思い込んでいた小さな財布の中身が、注意深く集められた腐ったガラクタばかりの守銭奴のようだ。ときに美しさと誤解される欺瞞と若さを、わずかに守ることこそが我が目的と思い込む犬のようだった自分が恥ずかしい。それは私についての、誰にも知って欲しくないことだ。

ある手術の後で、私は友人に傷痕を数えるのを手伝ってほしいと頼んだ。彼女は「こんなことやりたくない」と言って、いまにも泣き出しそうだった。まるで後から文学作品の一場面になりそうな瞬間にいるみたいに。私は彼女に頼み込んだ。「これは私の体だから」と言い、「だから何が起きたのか知りたい」と訴えた。「朦朧としていたし、誰も何をしたのか説明してくれなかった」と言い、「一体いくつ穴が開いているのかもわからない」とも言った。

医療用ガードル（術後用腹帯）をウエストの下までおろして、鏡の前に立った。ふたりで鏡に映るものを見つめた。彼女は恐れおののき、私は何がなんでも知ろうと頑なだった。どれが手術痕の穴なのか、アザや血斑や擦り傷のようなものがなんなのか、私たちにはわからなかった。私の体の痛みはどれも、未来を正確に指し示したり、過去をもっともらしく説明したりするものではなかった。上半身全体が痛かった。首も腕も分泌腺も上腹部も下腹部も背中も眼球も喉も顔も肩も頭も。新しく私の左胸になるはずの部分に一箇所、緊急事態レベルに痛む場所があった。新しく私の右胸になるはずの部分の横にも一箇所、緊急性はやや低めの痛みがあった。

ある人にとって、作家であるということは、そうした感覚的な細部のしもべとなり、見えているものを忠実に書き表すことである。そして欺瞞的に「示すこと（showing）」の許しがたさに苦言を呈した著作を次々に発表することだ。あまりに残酷かつ不必要に「示すこと」への苦情、美学的に不可欠な場合にさえ、ことごとく「語ること（telling）」を無責任に避けることへの不満も。なぜなら「語ること」はもうひとつの真実だから。そして感覚は「示すこと」の嘘に引き寄せられがちだから。

「示す」ということは現実を欺くことだ。そもそも現実をはっきりと自分の目で知ることと自体も不可能なのだから。もし文学のために生き延びようとするなら、「語らずに示す（showing and not telling）」という姿勢をとることは、生き続けるために必要な無力化のプロセスに耐えうる理由にならない。

やや体調が悪く、しかし診断はされていない人たち——心気症とされるあたりをさまよっている——の方が、語り手としてはより優れている。彼らの苦しみの正体はまだ、はっきりと決定されていない。彼らは惜しみなく自己決定し、病人特有の終わりの近さから来る魅力を、詩的にまとっている。歴史のある特定の時点で特定のジェンダーに特定化された特定の部位に病気を持った特定の体の重さというものを、背負ってはいないのだ。

＊

私はがんの物語を、これまで教えられてきたやり方で語りたくない。私が教えられてきた物語の語り方とは、ある人ががんと診断されました、治療を受けました、生き延びました、あるいは死にました、というものだ。生き続けるなら、彼女は英雄になる。死んでしまうなら、彼女の死は物語のターニングポイントになる。生き続けるとしたら、彼女はなにか強烈なことを言い、その強烈さを賞賛される。あるいは感謝に満ちて赦しを施し、その感謝の気持ちを賞賛される。生き続けるなら、彼女は他者に気づきをもたらす天使になる。死んでしまうとしても、彼女はやはり他者に気づきをもたらす天使になる。あるいはもし彼女に声を持つことが許されているなら、ぽつりぽつりと断片的で謎めいた発話を通して、あるいは囚われの状況を巡るクリシェを使って、さらに／またはテレビ向けのおセンチさで、さらに／または哀愁ポルノを「いい話」に変えることで、苦痛を訴えることもできる。文学は、あらゆる既存の偏見の海にこぎ出して進む。

「乳がんのシングルマザー」は感傷を投影する対象として、何千曲ものカントリーソングに匹敵するに違いない。彼女は美しい存在として考案されなくてはならず、たやすく透けて見える悲しみを芸術の神話的な発生のために捧げる。

もしそれが小説なら、病人は自分がヨブ[*5]の生まれ変わりであることを発見する。それからいま生きているほかの人たちもまた、みなヨブの生まれ変わりであることに気づく。

もしそれが社会学なら、体験は一連のカテゴリーのなかに分類される。よく言われるように、病人は逸脱者である。ほかのあらゆる逸脱者と同じように。まず彼女は自分が病気だと認識する。そして「病人」としての彼女の新しい役割が定められなくてはならない。人事に提出するための書類に、担当の医師が記入する。彼女が保険に加入していれば、被保険者に連絡がいく。保険に加入していなくて相当に貧しければ、メディケイド［米国における低所得者および障害者のための医療保険制度］の書類に記入するのをソーシャルワーカーが手伝ってくれる。フェイスブックに投稿があがり、写真記録のプロセスで髪の毛が剃り落とされ、たくさんの笑顔と「いいね」を送られる。治療に同意し、病気の進行を社会的領域に位置づけることにも同意する。他者の目には彼女が病気で助けを求めているように見えるはずだ。彼女は資金集めへの参加と食事の配布をお願いすることのなかに、美徳を確立する。がんの人々は、ほかの逸脱的と考えられている人たちのように刑務所や精神病院やホームレス・シェルターに入れられていない。けれどそうした場所にも、たくさんの病人が暮らしている。がんを患っているのに眠るためのベッドもない人たち、あるいは刑務所の居室で抗がん剤治療で嘔吐している人たちもいる。けれど私たちの仮想上の病人は、もしがんが彼女にとって唯一の大きな問題である場合、病院と緊急処置室と集中治療室を繰り返し出たり入ったりしている。走るためにと提供されながら、ほとんど走らずいつも排気ガスをゴホゴホと吐き出している車のように。

いまあるこの世界のプロパガンダを広めるくらいなら、むしろ何ひとつ書かない方がましだと私は思う。

*

私の病気が誰か別の人のものだったら、もっと良い本になっていたはずだという確信がある。誰かに書かれる対象であることには理由があるのだ。がん患者について他者が書いた本が私の元に届き始めたとき、私は自分にそう言い聞かせた。それらの本はいつも純粋な善意から送られてくる。常に姉や妹、妻や義理の母について書かれていて、死にゆく女たちの髪はきまってすでに抜け落ちている。彼女たちの誰も自分自身の声を持っていないし、個性を際立たせるような特別な要素も、何ひとつ持っていない。ただし彼女たちも、かつてはそれぞれに識別可能な人間だったに違いない。本のなかに収められるまでの間に、そうではなくなってしまったのだ。

私の元に送られてきたそれらの本は、ステロイドで浮腫んでしまうのは常に他者の顔であるのが望ましいということを証明しているようだ。自分の顔ではなく。なくなってしまった胸、そこに貼り付けられた肌や冷たいシリコンもそうだ。そうした文学の伝統とは異なり、私の場合は私自身が病人、つまりがんを描いた古典作品における、すべての死にゆく妻の物語を自分のものとして受け取る立場だ。女性たちの苦悩は文学的な機会の問題にまで拡大している。

私たちの生きる時代と社会において、がんはそれを持つ人に特有の、個々に異なる性質を抹消してしまう効果が大きい病気のひとつだ。女性特有のがんであれば――女性として見られるということ自体が、ある意味では半―抹消状態に置かれることでもあり、この抹消状態は階級、人種、障害などによりさらに深刻になる――なおのことだ。がんの女性たちは、自分たちの存在が消し去られ、嘆き悲しむことを許されず、嘆き悲しまれる対象になるのを目の当たりにする。ほかのすべての人々の悲しい物語の証人となり、しかし彼女たち自身の口から悲しみについての言葉が発されるや否や、社会がそれを正しにかかる。

もしあなたが私の元に、がんの当事者である女性の本、複雑で多面的で自ら声を発する人間である女性の本を送ってくれるなら、私は郵便物を開けよう。けれどやって来るのはいつも、私なら友人と呼ぶのさえ拒否したいような知り合いによる、自分勝手な苦悩ばかりだった。彼らは私の病気について私より激しく泣いているようだった。私はチャット上で男性たちに、何も失うことなく打ち込まれたであろう「すごくショックを受けてるよ」という過剰に親しげな言葉を投げかけられた。彼らは、私の破滅的な状況に対してあふれ出る彼らの感情に浸ることを、この私に求めてくるのだ。

＊

以前あるバーで出会った男は、私のケアに身を捧げることを決意した。脆弱になった私に対する彼の情熱はあまりに激しく、電話から彼の番号をブロックせずにはいられなかったほどだ。ときに友人たちと私は、そういうがん患者の追っかけ男、あるいはがん患者のパパになりたい男たちについて冗談を言い合った。彼らの持って来るスロージャムばかりのCD、ドアの前に置かれた贈り物、突然に発露する騎士道精神への憧れ、どこか妙な誘惑の試み。がんに備わったどんな要素が彼らの本能に訴えかけるにせよ、それはこの病気の非伝達性に関係があるだろう、とある友人は言った。がんに引きつけられるのは、それが伝染性の病気ではなく確率性の病気だからだと彼女は言う。あらゆるがん患者は、その人ががんなのだから自分はそうならないだろう、という形で理解されるのだと。

私たちはこの世界を共有している。そこにある物質を、その環境を、システムを、流通と製造を、そしてお互いに話したくて使う機械が放つ放射線も。それらすべてが混ざり合い、産業社会を発がん性物質に満ちた場所にしていることも知っている。お互いに直接伝染しうる病気のことを恐れるあまり、私たちが共有する世界にも病気の原因があるということを見逃しがちだ。そしてがんは、ほかの病気のような接近のリスクなしに、信憑性のある経験へと近づくことを許す。がんとは、そこで他者が美徳を演じることを可能にするような舞台であり、私たちがひとりきりで苦しみに耐えるということの純度の高い事例でもある。こうなったのは誰のせいでもなく、そしてすべてのせいだと感じながら。

＊

ご都合主義に陥らずに悲しむ練習：通りを歩き、すべてのドアの内側で起きている不幸な経験を想像する。それから車やバスで街を移動中に、あらゆる店や会社を観察して、そこで働く労働者たちが、いま仕事ではなく本当は何をしていたいと考えているかを想像する。次にその労働者たちの親はどうか、何をしていたいかを考える。あるいは彼らが自分の育てた子どもたちに本当は何をしていて欲しかったと思っているかを。

墓地にも同じ効果がある。墓石のひとつひとつが、まだ中身を書き込まれていないウィキペディアの項目のようなものだ。

同じことをくり返してみよう。ただし刑務所の前で。さらにまた同じことを。今度は病院で。

4.

　どこかで読んだことがある。人々はこれまでさまざまな病気の歴史を書いてきたが、特定の病気にまつわる「ある歴史」が書かれたことはない。それは違うと私は思う。体を持つすべての人は隠れた歴史家であり、同じ巻の記述に取り組んでいる。感覚の年代記としての肌、馬鹿な奴らが話すジョークとしての性器、「噛むもの」の盛衰としての歯。

　夢のなかで、私は夜中の三時に郊外の目抜き通りを歩いている。途中でそれは都会のうらぶれた通りになる。一四〇番通りから一八番通りへ、一九六番から三番へ。それらは私がこれまでに行ったことのある、格子状に作られたあらゆる町の通りだ。私は心配になっている。というのも夢のなかの私はがんに罹り、弱くて行き場がなく、周りの通りと車には、夜明けを祝おうとする群衆がいるからだ。私はここに集まっている人たちが日常的な存在だとわかっている。そして常にそうであるように、そこでも彼らが病人にとって危険な存在だとわかってもいる。

　病気は決して中立的なものではない。治療はイデオロギーと無縁ではありえない。死が政治性を免れることもない。

がんは特殊な苦しみとして、ほかと分けて考えられがちだ。けれど私たちの誰にも起こりうる不可避なアクシデントによって苦しむことは、特に勇敢な行為ではない。このアクシデントに見舞われたからといって、私は勇敢な集団の一員になったわけではない。ベッドの上から動けない状況で、私は決めた。乳がんだと診断されたことに対して、社会状況に見合った反応を示すことにこの身を捧げよう、と。日和見的に「ポジティブでいることを忘れないで」などと言うのではなく、ダイアン・ディプリマ［（一九三四―二〇二〇）アメリカの女性詩人］の「革命の手紙 第9番」の詩のなかのある箇所で返答しよう、と。「1、ダウ・ケミカル社［米国ミシガン州ミッドランドに本拠を置く世界最大級の化学メーカー］の社長を殺せ 2、工場を破壊せよ　3、たとえ再建しても奴らに利益が出ないような世界を作り出せ[11]」。

＊

面倒を見てもらわなくてはいけない瞬間は、それが必要であることが忘れられがちな多くの場面でこそ、前面に現れて来る。主体的に描かれた物語は魅力的だ。しかし人類は、自分の思い通りに行動する陽の側面と同じくらい、無力な陰の側面にも、しっかりと存在している。ケアされることは、自律性の隠れた土台をなしている。一生を通じて、人の体の脆さによって引き出される必要な仕事なのだ。私たちが社会を見つめる視線はときに物欲しげになる。「愛して」と顔に書いてあるかのように。例えばそれは「スープをちょうだい」というようなことを意味するだろう。

この要求は、幼児期には未来につながるのが確実であるからこそ可能になる部分がある。愛して、と赤ん坊の顔は言う。するとそれは将来に有益な影響をもたらす要因になる。世話を焼いて、と赤ん坊の無力さが訴える。そうすれば私はひとりの人間として成長して、お返しにほかの人の世話をすることができるから。

私たちが老人になると、「愛して」と書かれた顔は、記憶された過去との関係を喚起することによって同じことを行う。愛して、と老人の必要性は訴える。あなたか、あるいはほかの誰かや何かに私が与えた愛という、過去の有益な要因に対するお返しとして。

しかし予想外の病気に罹った人間——一般的な社会秩序においてしているはずのこと、例えば自分の子どもや関係する高齢者の世話、あるいは仕事などをする力を奪われたためにできない人——は、その時々のあらゆる経験を担保として、過去を呼び出し、未来への希望を刺激することで「愛して」を引き出さねばならない。

愛して、と人生の盛りにある病人が言う。再び強さを取り戻せるかのように見せようと努力しながら。かつての自分の行いや、これからするかもしれないことのために。愛して。どれだけしがみついていられるかもわからないまま私が永遠に囚われている、この現在のためにも。

＊

私の過去四日間にタイトルをつけるなら「エンテロウィルス時代の好中球減少症」だ。[＊6]血球数測定の結果を見ると、私には免疫系などほぼ存在していないことがわかる。生死に関わる症状に陥ることを恐れて、私は人のいる場所にいられなくなってしまった。エンテロウィルスだけでなく、一般的な風邪や冷蔵保存された食材についた目に見えない菌も怖い。友人のカーラは観葉植物用の土についた細菌から私の具合が悪くなることを恐れて、鉢植えをすべて家から運び出した。誰かが花を持って来てくれると、それもどこかへやってしまう。私がアパートを離れるのは、ひとりで散歩に行くときだけだ。あるとき散歩中に我を忘れて、大きな黒いプードルを撫でてしまった。後からしばらく、自分の手に恐怖を感じ続けていた。

ゲーテの『ファウスト』で、メフィストフェレスは黒いむく犬（プードル）の姿で現れ、ファウストの足元にじゃれつく。他人から見ればただの犬だが、ファウストの目にそれは自分の足元に作り出されていく未来の足かせとして映る。むく犬が唸り、ファウストは静かにするようにと言う。[12]ファウストが「むく犬、静かにしておくれ」と言うとき、実は彼は自身に向かってその言葉を発しているのだと、私はどこかで読んだ。[13]

それから今に至るまで毎日、私は前の日に自分がノートに書いためちゃくちゃに打ちのめされた記述を、絶対に再生産しないことを自分に誓っている。

*

私はほんの少しでも英雄的な要素があるものがいつも大嫌いだった。だからと言って、私がその様相を帯びたことが一度もないと言うわけではない。一般的に共有される苦痛は、それがどんなものかを説明しようとして言葉を編んだとしても、その編み目から押し出されてくるものだ。自分がそれと気づく前に、この世界の広く共有される苦痛は狭められ弱められ、シルクのように薄く、それを語るために使われる言葉と同様の特定性を帯びてくる。

言語も共有されるものではあるが、語りの方法を見つけ出すために内に潜って行く過程で、言語はそれを語る者が身につけ所有するものになる。ある人の口の唯一性が、生を受けたことや痛みを感じてきたことやケアが必要になるのを恐れてきたこと、そして毎朝、最悪な現実に目覚めるという言葉にできない夢を言葉にしようとする体験の唯一性であるかのように。語ることは常に、そもそも何かを言いたいと最初に感じた際の状況を、強固なものにまとめようとする作業なのだ。それをむき出しにするのではなく。私たちの共有する縮小化の重力が、いかなる上昇方向の怒りよりも強力であるかのように。

鋭い痛みを感じる経験は、あるひとつのタイプ――どこかの悠長な専門家のけだるく上流階級的な弱々しいあり方――に割り当てられる。その語りのなかで、現実はどうあれ、その苦しみは階級の宝のように見えてくる。

以前の私を知らない人は、やはり私が病気をむしろ貴重な経験と考え、苦痛を単に記号論的なものと捉えていると思うかもしれない。抗がん剤治療を受ける処置室に座って古代ローマのことばかり考えている、と。けれど私は利益追求の世界に生きる貯金もないシングルマザーで、生存を民営化するこの世界で、ケアしてくれるパートナーも近くに住む家族もいない状況にあった。抗がん剤治療のあいだもずっと働き続けねばならず、職場では病気については口外しないほうがいいと助言された。富を得たこともなければ権力の座に近づいたこともない。言い換えれば、私のがんは、ほかの誰とも同じように、ありきたりなものだった。ただ私がもともと、自分の人生を書くという習慣を持っていたほかは。

私のがんは、ただ一連の感覚でもなければ、解釈のレッスンでも、芸術への問題提起でもない。たしかに、それらすべてがあてはまるものでもあったが。私のがんは、娘をこの厳しい世界にただひとつの支えもなく残していく恐怖にとらわれることだった。さらにこれまでの人生を書くことに捧げ、すべてを犠牲にしたのにそれが報われずに終わることへの恐怖もあった。これまで書いたものがすべて、データ解析されながらもグーグルのサーバーから読まれることなく、そのうちにグーグルのサーバーが塵と化してしまうことへの恐怖だ。そしてそのあいだに私は言葉を発しない存在、死んだ人間になってしまい、私の最も愛する人やものを、誰からも守られない孤独なものとして、あまりに早く置き去りにしてしまうことへの恐怖でもあった。

*

その鹿は、立ち上がろうともがいては転び、やがて脚をもつれさせながら銀行の駐車場の中へと倒れ込んだ。車に轢かれたのだ。当時十四歳だった娘は言った。

「アン、私は世界が世界にしてきたことにうんざりするよ」

そして、つけ加えた。

「こうなったらもうテロリストになるか、引きこもるしか選択肢がない」

私は娘にＢＲＣＡ遺伝子検査*7の結果は陰性だったと伝えた。ホルモン的な原因と遺伝子的な傾向と明らかな生活習慣上の要因がないのだから、私ががんになったのは、おそらくただ放射線か不特定な発がん性物質を摂取したことが原因だろうと伝えた。遺伝子的な傾向があるとか、呪われた遺伝子なのではと心配する必要はないと伝えた。

「忘れてるかもしれないけど」と彼女は答えた。「アンを病気にした世界に私も生きているということも、やっぱり呪いだよ」

体を持つすべての人間は生まれてすぐに、死ぬことについての手引き書を渡されるべきだ。

5.

芸術が、苦痛という題材に取り組む際の問題がある。苦しんでいる当人はすでに苦しみすぎて疲れ切ってしまい、その苦しさの描写が試みられる前から消耗しているということだ。私は疲れきっていた。そして、現在進行形で起きていたことを語る必要性と、脆弱で複雑な崇高さや、言葉では言い尽くせないとされているほかのあらゆることにも直面していた。この世界こそが、この体（私の体）をこんなふうにしたのに、その世界について私が書くことなどできるはずがあるだろうか。私の体の感覚では、自分自身の裏切りが生命を帯びた形に過ぎないように感じていいるというのに。

がんについて話すことは、ときにがんを患うことより苦痛を伴う。病気の経験や印象を再現することは、病気に耐えることより更に難しく思えるのだ。それはむしろ、場面の中心にいながらその場面を覗き込もうとし、体を歪めるようにして真実の方を向くのに近い。振り返って視線を落とし、忘却という慈悲の訪れを願いながら、これまで多くの人がそうしてきたように自分たちに向けて語られてきたことを受けいれるのとは違う。

どんなことであれ、別のことについて書きたかった。「けれど真実が」と、ベルトルト・ブレヒト［（一八九八―一九五六）ドイツの劇作家、詩人・演出家］はそれを書くことの難しさについてのエッセイで書いた。「ただ書かれるということはあり得ない。それは誰かに向けて書かれなければならない。それを受け取ってどうにかできる誰かに向けて」[14]。どんなことであれ、別のことについて私は書きたかった。痛みについて深く考えることによってもたらされる痛みへの恐怖だけでなく、痛みを創作物に変えてしまうことへの恐怖もあった。どんなことであれ、別のことについて書きたかった。何度も同じ物語を繰り返すことを恐れるだけでなく、その「同じ物語」が現実のあり方に迎合した嘘になってしまうことも恐れていたから。どんなことであれ、別のことについて書きたかった。それでも他者が存在することを、私はわかっている。私たちは皆、体を持つ存在として歴史のなかに生きている。私たちは皆、神経系を持ち、悪夢を見る。私たちは皆、環境と時間、そして欲望を持っている。病人になりたくないという欲望、病気に罹りたくないという欲望、あるいはそうなったとき、それが何を意味するのかを知りたいという欲望。

　書き手は、とブレヒトは書く。真実を知る勇気、それを認識できる鋭さ、それを武器に変えられる技術、誰がそれを使えるのか知る思慮深さ、そしてそれが届くよう手配する巧妙さを持たねばならない[15]。そして真実は、誰かに向けて書かれなければならない。その誰かとは、私たちすべてだ。愛の結びつきによって私たちを地球につなぎ止める力と、苦痛によってそこから私たちを追い出す力の応酬の間に生きる、すべての人間たち。

さかのぼってローマ帝国。アエリウス・アリスティデスは悩んでいた。本を書きたかったが、経験したことについての情報をいかに整理していいものかわからなかったのだ。

「川と、過酷な冬と、湯治について言及したところで、次に私は同じカテゴリーのものごとについて話すべきだろうか。そしてそれを編集し、いわば冬らしいもの、神聖なもの、とても奇妙な浴場について並べたものにすべきだろうか。または私の物語をいくつかに分け、間に起きたできごとも含めて語ろうか。あるいは間のできごとはすべて省略して、その数年間に対していかなる預言が与えられたかを書き、そして実際には何が起きたかを書くことで、私の最初の物語を締めくくるのが良いだろうか[16]」。

原注

1 John Donne and Herbert J. C. Grieson. *The Poems of John Donne*. Oxford, U. K.: Oxford University Press. 2011.

2 Harriet Martineau. *Life in the Sick-Room: Essays, by an Invalid*, 3rd ed. London: Edward Moxon, 1849. タイトルにあるInvalid（病人）とはマルティノー自身である。

3 Virginia Woolf, Julia Stephen, Hermione Lee, Mark Hussey, and Rita Charon. *On Being Ill.* Ashfield, Mass.: Paris Press, 2012.

4 Donne, *Devotions upon Emergent Occasions*.

5 Woolf et al., *On Being Ill*.

6 Nicole Loraux. *Tragic Ways of Killing a Woman*. Cambridge, Mass.: Harvard University Press, 1992.

7 Plutarchus and Christopher B. R. Pelling. *Life of Antony*. Cambridge, UK.: Cambridge University Press, 2005.

8 Marlene Dumas and Mariska Berg. *Sweet Nothings: Notes and Texts, 1982-2014.* London: Tate Publishing, 2015.

9 ヴァージニア・ウルフ『病むことについて』川本静子編訳、みすず書房、二〇〇二年　七五頁。

10 レビ記第一三章四五節「重い皮膚病にかかっている患者は、衣服を裂き、髪をほどき、口ひげを覆い、『わたしは汚れた者です、汚れた者です』と呼ばわらねばならない」。

11 Diane di Prima. *Revolutionary Letters.* San Francisco : City Lights Books, 1974.

12 ゲーテ『ファウスト 悲劇第一部』手塚富雄訳、中公文庫、二〇一九年 一〇〇頁。

13 この後、同場面でファウストはその場にいるむく犬に語りかけるようにこう言う。「人間どもが、自分のわからぬことを軽蔑［することを］（略）、おれたちは見慣れている」（同書、一〇二頁）。

14 Bertolt Brecht, Tom Kuhn, Steve Giles, and Laura J. R. Bradley. *Brecht on Art and Politics.* London: Methuen, 2003.

15 Ibid.

16 Aristides, *Sacred Tales.*

訳注

＊1 (一八〇二―一八七六) イギリスの社会理論家・作家。「最初の女性社会学者」と呼ばれる。政治、経済、宗教、哲学などの男性作家の領域とされていた分野に女性の視点を持ち込むことの必要性を説いた。

＊2 (一八四六―一八九五) モデルであり、慈善活動家。夫のレスリー・スティーブンは伝記作家。

＊3 体外離脱の一種、アストラル体と呼ばれる意識・霊魂が肉体を離れてアストラル界を旅する経験とされる。アストラル旅行、幽体離脱。

＊4 アップルなどのグローバルメーカーの電子機器製造会社。本社は台湾。中国に製造工場を持つ。従業員の過酷な労働環境が問題になった。

＊5 旧約聖書の「ヨブ記」の登場人物。恵まれた善き人物だったヨブがサタンによって子や財産を失い、皮膚病に侵されるが、苦しみの中で神に祈り続けたことで救われる。

＊6 エンテロウィルスとは、腸管で増殖するウィルスの総称で、年ごとに流行するウィルス型が異なる。主として腸管あるいはその近辺の限られた組織にとどまる場合は無症状で経過し、人は免疫を獲得して感染は終わる。感染がさらに進み、ウィルス血症を起こして体内の諸組織及び中枢神経系へ波及すればそれぞれの段階に応じて種々の臨床症状を起こす。好中球減少症とは、血液中の好中球(白血球の一種)濃度が異常に低い状態。

＊7 乳がんや卵巣がんの患者の約一割は遺伝性で、BRCA1またはBRCA2遺伝子のどちらかに変異が確認されることが多くある。日本人でははっきりわかっていないが、欧米では四～五百人に一人といわれる。

預言はどうなった？

1.

がんになってから、生きるためにどれほど生活を犠牲にしてきたかをあなたは忘れてしまう。病気のせいで、いかにあなた自身が失われてきたかということも。病気と自分の両方を、同時にケアするのは難しい。まるで運命に仕組まれた結婚のように、病気をケアすることが自分の存在理由のすべてになってしまうのだ。その後、今度は急性疾患ではなく、その治療による後遺症からくる慢性的な症状が、あなたの人生から生きることを奪っていく。

がんの悲惨さは、前世紀的な趣を帯びている。私ががんになった原因も、その治療法も、前世紀からそのまま引き継がれている。まるで私は二〇世紀の病気になり、二〇世紀の治療を施されているかのようだ。化学兵器や殺虫剤として使用されていた薬品、病気の壮大な一般化と、高価な死の祭典としての側面。ただし現代のがんは、前の世紀から続く病気の範疇を超えている部分もある。情報が私を病ませる。それは私たちの世紀に特有の要因だ。

産業の発達した世界において、私たちの半数はすでにがんに罹っているか、将来的に罹ると推定されている。また自身で気づいていない場合も含め、ほとんどの人は体内にわずかにがんを持っている。がんはそもそも、少なくともそれ自体で完結するものとして存在するのではない。私たちは、自分たちのなかにある邪悪な部分を批判的に表すときにも、がんを用いる。

胸や前立腺や肺に、逸脱的な細胞を抱えていること自体が危機なのではない。がんが危機になるタイミングは二度訪れる。まず発見されたとき。次にその発見による影響が現れるとき。発見による影響とは主に治療という災難か、治療を受けられないという災難として現れる。前者は死という災難を逃れるなかで編み上げられていく。死は誕生と並んで、地上で最もありふれた災難のひとつでもある。

こうしたいくつかの災難に見舞われた状況で、体の声に耳を傾けることは不可能だ。体は間違ったことを言い続けるから。私の体は、それを生かしてくれるはずの治療による副作用のために、死にそうな気分を味わっている。守られるために、破壊されることを求めるのだ。動かず、食べず、働かず、眠らず、あらゆる接触を避けて。すべての神経が、施しを求める物乞いのように終わりがくることを請い願う。私の体のなかのあらゆる英知までもが、大げさで愚かな要求として現れてくる。たとえ私の体が死を望んでも、それは人生への憎悪からではなく、ただ状況への耐え難さがそうさせているだけなのだと、私は信じるほかなかった。

＊

そして私の体は、ほかの多くのがん患者の体がそうしてきたように、耐え難い苦しみを耐え抜いた。ときに最悪の状況を生き抜くためには、自らを鈍らせる以外の逃げ道がないこともある。心ここにあらずの状態に支配されてしまう。とはいえ、がんで調子の悪い人間がぼんやりしていても、誰もおかしいとは思わない。友人の何人かは、私がもっとぼんやりすることを願っているようにも思える。曖昧な精神状態でいた方が楽に乗り越えられそうな経験をしている間くらい、明晰さにこだわるのはやめればいいのに、と。

抗がん剤治療の間、手足をアイシングして［専用のフローズン・ソックス／グローブを着用する冷却療法］予防していたにもかかわらず、手と足の爪が皮膚から浮き上がり始める。指から爪が剥がれる痛みは、指から爪が剥がされるさまを想像するとおりのひどい痛みだ。私はすでにこの病気で友人を、恋人を、記憶を、まつ毛を、そしてお金を失っている。自分の身に馴染んだものをこれ以上なくすのは絶対に嫌だ。抵抗も虚しく、爪たちは剥がれ落ちた。

私の神経細胞が死を迎え始め、手足の指や性器の末端のジリジリする感覚へと変わっていく。やがて指先が厄介な自己主張を始める。外界に対しては無反応なくせに、内側で大暴れするのだ。〈あなたのがん治療の旅路〉には、こうした神経障害が起きた場合の対処として、服のボタンは誰かに頼んでかけてもらいましょう、とある。その誰かが誰なのかの説明はない。固有需要覚［自分の身体の各部分の位置や動き、力の入れ具合を感じる感覚］が変化したせいもあって、私の動きはぎこちない。どこに立てばよいか、もう足の感覚に任せることはできないのだ。

私の知人のある女性は、三十年前にがんを患った後、元どおりに回復することはなかった。あるとき自分でそれに気づいたのだ。七十代になったいま、彼女は毎日仕事に出かけ、帰宅後の時間を、散漫で空っぽな状態で過ごすのだと言う。生活のために働かなくてはいけないので、朝が来ればまた仕事に出かけ、再び自分が存在しているかのようなふりをするのだ、と。最悪な状況を生き延びた私たちのような患者が、生き延びた挙げ句に不在そのものになってしまうケースがある。アエリウス・アリスティデスも、そのことについて書いている。「それゆえ私は、自分が別の人間になったかのように感じた。体が私の元から徐々に去っていくのがわかる、その感覚は私がいよいよ死を感じるときまで止まらなかった」。

古代イスラムの哲学者、イヴン・スィーナーの「空中人間」*1のことを思う。彼はすべての感覚を拒みながらも自己を認知することで、魂が存在することを証明する。[1] その彼の説に、私は疑いを抱いている。私はもっとしっくりくる答えを、ローマ時代の詩人ルクレティウスによる叙事詩『物の本質について』*2のなかに見つけた。私たちは少しずつ死ぬのだと彼は論じる。すべての細胞は物質と精神、両方の王国である。そしていかなる王国にも転覆の可能性がある。私たちの生命力、例えば肉体は、私たちの元からいっぺんになくなってしまうようには思えない。半分死んだような状態を経験したことがある者なら証言できるはずだ。私たちが魂と呼ぶものは、少しずつ死んでいく。ちょうど私たちの体が少しずつ使い古され、切り取られ、汚染されていくように。[2] 魂の失われた部分は、体の失われた部位と同じく代替不可能だ。そんなふうに、生命／人生は剝がれ落ちていく。こうして私たちは、死にかなり近づきながらも仕事に出かけなくてはならない。

がんになる前から残っているのは、ただ曖昧な「私自身」という言葉で表されるものだけになる。私はそれをがんの非個人的な現実味のなさと比べてみる。ずいぶんと長い間、私はおそらくもう死んでいて、地球上のなんとなく馴染みのある場所に出没しているかのように感じていた。生物としての生命を終えた、来世への旅行者として。そして理由はなんであれ、ときどき自分はまだ生きていて、ささやかな成功を遂げていると信じることも許されている。もしまだ生きているのなら、少なくともカリフォルニアに行っているはずだと私は思った。もしこれが本当に人生なら、たくさんの人が私の詩集を読むなんてありえないはず。もし死んでいるなら、永遠の世界の管理人が、複雑でおもしろみのある死後の世界に私を配置してくれたことを、とりあえず喜ぶべきだろう。

　ディナーの席で私が、自分は生きていないのかもしれないと認めてしまうと、おかしな空気が流れる。自分が存在していることを自分自身に証明する試みも、簡単ではない。あなたが本当のところは何者なのかを思い出すためには、宇宙と同じ長さのある、たえず更新されていく《ニュース》情報の流れ《フィード》が必要になる。休まずひっきりなしにその証明を引き出し続けなければならないのだ。これまでの友人たちや、犯した失敗の数々や、傷つけてきた気持ちや、眠ってきたベッドのすべて、読んだ本のすべて、いまとなってはあなたをライバルではなく哀れみの対象と見ているかつての敵たちや、その頃のあなたと今のあなたの外見的な違い。記憶とは、精神や意識に損傷を受けずに保つことを許された者たちのための、そうしたニュースフィードなのだ。私はその幸運には恵まれず、記憶と命を引き換えにした。真の文学とされるのは、きっと『ベッドのプルースト』的なものだろう。自分の母親に深い興味を抱く男性についての物語だ。私の本は『失われた時を求めても戻らない：治療に誘発された喪失』[*3]とでも呼ばれるはずだ。

　後からどこかで読んだことだが、自分が死んでいるかのような感覚は、特定の種類の脳の損傷が機能的な要因となって起こるそうだ。私が化学療法から受けたものも、その一種だった。私は幽霊なのに、私の自己喪失は形而上的なものですらない。「機能的」なのだ。とはいえ、半分くらいは死んでいるという私の実感を合理的に説明したからといって、自分が存在しないかのように感じながら存在しているという不合理な恐怖が薄れるわけではない。私たちはここにいる。私はここにいる。ひとりきり、私自身として。私の半分は崩れ落ち、私たちの半分はいなくなった。私たちみんなが幽霊として、あるいは死んではいない者としてここにいる。私たちの半分は死んでいて、私の半分は忘れられ、あるいはもう、どこにもいない。

一九七四年、ＦＤＡ［Food and Drug Administration：アメリカ食品医療品局］が化学療法薬としてアドリアマイシンを認証したその年に、イギリスの小説家Ｄ・Ｇ・コンプトンは『連続的キャサリン・モーテンホー』*4を発表した。テーマはいくつかあるが、まもなく死ぬことを告げられた女性についての小説と言える。モーテンホーはゴードン症候群*5の重症患者だと診断される。この病気になる原因の一端は、過剰な量の情報に晒されること、すなわち「人間の脳が処理できる速度と分量の身体的リミットを超えたイメージ[3]」の摂取だ。しかしゴードン症候群の患者は情報過多によってのみ死ぬわけではない。それに対する怒りに満ちた反応も、彼女の死の原因となる。モーテンホーが彼女を死に至らしめる要因として告げられるのは、次から次へと画面に現れるデータに自分が埋もれてしまったことにより引き起こされた怒りだ。医者の説明によれば、情報に対する怒りが永続する状態が、モーテンホーの意識のなかに世界の構造への激しい抵抗感を引き起こし「反乱のパターン[4]」を作り出したのだという。打つ手は何もないと医者は言う。症状はあまりに重く、彼女はあまりに執拗な反抗心を抱えている。一台のコンピューターが彼女の余生を計算してくれる。余命は一ヶ月。世界とそこに溢れる情報への応答として、キャサリン・モーテンホーの脳は常に嘔吐を催しているような状態にあり、そのために彼女は死ななければならないのだ。

モーテンホーは、コンピュータブックス社という出版社に勤めている。病気についての報告を待ちながら、彼女はバーバラという名の小説執筆コンピューター・プログラムに筋書きを入力する。彼女自身が「回路の消耗」により死にゆくことを知ったモーテンホーは、やはり（電気）回路を過剰に酷使され消耗している同僚のコンピューターに憐れみを感じ始める。「かわいそうなバーバラ！」彼女は繰り返し言う。モーテンホーは、機械の介入なしに昔ながらの方法で書かれた文学を空想し始める。本当の姿の人間が出てくるような本を書こうとする彼女は「人間それぞれは単なる科学的構造物で神経系の集合体であり、全面的に時代遅れな理由から、生命の数千年の歴史をかけて構築された内部通信システムが備わっている」[5]と考えている。

モーテンホーが所属する部署はロマンス部門――ロマンス小説を担当する、ただひとりのマネージャーかつ従業員という意味では、彼女自身がロマンス部門――なので、人工頭脳に対する楽観主義にもかかわらず、彼女は思う。「私の物語は、この世にリアリティなどない、という唯一のリアリティを描いたものになるし、私はそれで有名になる。たぶん病院で書けるでしょうし、おそらく最後の章は死の間際に口述筆記で書くことになるかもしれない」[6]。

モーテンホーはいまやほとんどの人が老衰で死ぬ世界で、病気による死に向かいつつある。そのせいで彼女はちょっとした有名人になる。「痛みに飢えた大衆」を満足させるために、メディアはシャッターチャンスを狙って彼女を追い回し始める。彼らを寄せつけないために、モーテンホーは三日間の「喪失を嘆く自分だけの時間」を持つ許可を会社に求めて、申請書類に記入する。

＊

資本主義的医療の宇宙では、常にすべての身体が利益を中心に回っている。だから両乳房切除手術ですら、外来処置の範囲内と考えられている。私がその手術を受けた後、回復病棟からの追い立ては激しく、そして即座にやって来た。私を麻酔から目覚めさせた看護師は、退院のための問診票を私の代わりに不正確な回答で埋めようとした。私はその間も、自分がまだ大丈夫ではないことを彼女に訴えようと試みたが、うまくいかなかった。痛みをコントロールできていないこと、まだトイレにも行けていないこと、退院後の指示を受けていないこと、退院どころか歩くことさえままならないことを伝えた。その上で病院は私を退院させ、私はその場を去った。[*6]

両乳房切除手術を受けた日に、自分で車を運転して家に帰れるはずなどない。当然のことだ。痛みにすすり泣き、腕は動かせず、胴体から四つの排液バッグをぶら下げたまま、麻酔が覚めきらず朦朧として、歩くこともできないのに。もちろんひとりで家に帰るべきではない。けれど外来外科センターから追い出されることが決まれば、どうやって帰るのかと聞いてくれる人は誰もいない。誰が――もし誰かいるなら――あなたのケアをしてくれるのか、ケアしてくれる人はそのためにどんな犠牲を払い、どんなサポートを必要とするのか。乳がんを患うシングルの女性の死亡率は、年齢や人種や収入を鑑みても、既婚女性の死亡率の二倍にのぼる。独身で、かつ貧しければ、死亡率はさらに上がる。

実際のところ、誰もが理解している。性愛をともなうパートナーシップが慣習化して久しいこの世界で、献身的に世話をしてくれる成人した子どもを持つほど長く生きている訳でもなく、あるいはまだ親の庇護の元にいるほど若い訳でもなく、攻撃的なまでに利益だけが追求されるこの環境で、攻撃性の高いがんを患っているあなたが、生き続ける価値があるとみなされることなど、ほとんどあり得ないのだと。

＊

一八一一年九月、ファニー・バーニーは前年の八月にしこりが発見されたため、パリの彼女の寝室で麻酔なしの乳房切除手術を受けた。医者のひとりは言った。「苦しみを覚悟しなくてはいけない。あなたを騙すつもりはない、あなたは痛い思いをするだろう。ひどく苦しむはずだ！」

腫瘍についてバーニーはこう書いている。「この悪しきものの根は深い。そのあまりの深さに、もしそれが消滅しないのなら命をかけて取り出すほかないと考えたものだった」。長く苦しいがんによる死と、それを治すかもしれない手術による短く苦しい死を天秤にかけ、彼女はより楽観的な苦しみに身を委ねた。腫瘍を切除することに決めたのだ。

暗い色のローブを着た七人の外科医が到着した。間に合わせの手術台に上って横になり、目の上にヴェールを被せられたバーニーの耳に、指揮を取る外科医が尋ねる声が聞こえた。「誰かこの乳房を押さえていてくれないか？」彼女はそれに答えて「先生、私が」と言った。彼女はヴェールを剝ぎ取ると、自分の胸を手で持ち上げて、医者が切除を始められるようにした。そしてその鮮烈な痛みの広がりを詳細にわたって説明する。

医者は静かに彼女のヴェールを戻し、彼女の手を体の横に置いた。「きっと望みはないのだ」

彼女はそう書く。「絶望し、自己放棄した私は再び目を閉じ、見ることも、抵抗することも、介入することもすべてやめて、悲しみにくれつつ完全に諦めることを決意していた」

「まるで密閉されたように感じた」。手術中の自分の瞼について、バーニーはそう書いている。[7]

苦しみは、目撃しなければ体験できないものではない。そして病気の場合は何にも替えがたい知の源として、喪失が残る。例えば乳房切除の文学的記録として知られるオードリ・ロードのテキストに見られるように。そのなかで、彼女は麻酔をかけられている。ロードがそのテキスト『キャンサー・ジャーナルズ』で描写しているように、目を覚ましたとき、すでに生検手術が施されていたことを知り、恐怖を覚え、体を変えられてしまったと感じた。ある人が喪失に完全に身を委ねてしまうことは、喪失の主体としてその場に参加することができない――それを経験する必要があるから――と説明することでもある。体を持つということは、すなわち、そこに起きていることをいつも見られるとは限らないことを意味しているのだ。

バーニーの場合には、そこで起きていたことを見るのは耐えられなかったはずだ。目を閉じていても、彼女は二度も気を失った。むしろ知るために、彼女は何も見ないことにした。彼女が書いた記録は、いかなる目撃証言をも超えたもの、視覚を超えた経験の領域にある、病気の別の側面への証言である。一九七八年三月二十五日にオードリ・ロードは書いている。

信用すること、信頼すること、あるいは理解することよりも知ることを重視する考え方は、常に異端的なものとされてきた。けれど私は痛みを感じられるなら、どんな代償も喜んで払いたい。深く考えることの重要さを味わうために、信念や信仰ではなく、経験のみを感じるために。ほかのあらゆる固定化された知識と異なる、直接的な知を得るために。[8]

専門家クラス以外の人たちにとって、知るとは異質なことであり、非難され、不審がられることでさえある。そして、感じることが見ることを禁じるように、強く感じることは、考えることを遠ざける。少なくともバーニーの場合は、乳房の切除というできごとについて何かを強く感じることで、それについて考えることはできなくなったと書いている。しかし考えることができないからといって、知り得ないというわけではない。手術から九ヶ月経ち、その経験を描写する文章を書いてから三ヶ月経った後でも、自分の書いたものを読み直すと必ず気分が悪くなるとバーニーは記している。彼女が書いたのは、単なる乳房切除の記録ではない。それは私たちが目撃しなくてはいけないのに見ることを許されていないもの、理解しなくてはいけないのに考えるのは耐えられないこと、書いておかなければいけないのに読み返すことはできないものについての記録なのだ。

＊

そのことを考えると気分が悪くなる。それについて書くのも同じだ。ほかの人の乳房切除の記録を読むのも、たいていは耐え難い。同じくらい嫌なのは、過去に行われてきた乳房切除手術の悲惨な状況に対して、自分がときに羨ましさすら感じていることだ。その悲惨さや劣悪さは、少なくとも私たちの時代とは異なる種類のものだから。

『キャンサー・ジャーナルズ』によれば、一九七〇年代に片方の乳房を切除する手術を受けたオードリ・ロードは、術後の五日間を病院で過ごし、ケアを受けた。[9] 彼女には見舞客が来る病室があり、休息できるベッドがあった。自宅に戻る前に病院の廊下で歩く練習を始め、数週間かけて療養し、失った胸について考えることができた。乳房の喪失、それが彼女のがん治療における主要なできごとだった。抗がん剤治療による記憶力や言語能力、思考力の喪失ではなく。偽りの進歩をよそに、いまの乳がん患者の多くはロードの時代には存在したものを、もはや得られない。術後すぐの十分な痛み止めもなければ、乳房切除後の痛みや動きの制限に対処する理学療法もない。仕事も休めない。乳房の喪失はがん闘病後の生活で最大の困難とは言いがたい。病院のベッドで休むことも、治療中に生じた認知機能の衰えを回復するリハビリを受けることもできないアメリカ合衆国の乳がん患者たちに与えられるものといえば、連邦政府の管轄下にある乳房再建へのアクセスだ。どのタイプのインプラントでも、お望み通り。

乳がんについての過去の記録を読むと、現代のように利益の追求の支配が圧倒的でもなく、それゆえその傾向がますます悪化し続けるような状況にまだ陥っていなかった世界に衝撃を受ける。現代では、術後の疼痛管理は十分な進歩を遂げていないにもかかわらず、多くの場合で患者の乳房は切除され、切り取られた組織は保存されるか、破棄される。その後すぐに、患者は自分の足で立って、ベッドから出るよう強制される。私やこの時代のほかの多くの患者が経験する「通所型《ドライブ・バイ》乳房切除」と呼ばれるものだ。医療研究品質庁のある調査によると、「二〇一三年に実施された乳房切除手術の四十五%が入院を伴わず、病院に付属する外来手術センターで行われた」[10]。体を切り開かれたばかりなのだからケアが必要だと、病院のベッドでいくら言葉を尽くして訴えても、血を流し、痛みを感じ、ショック状態で、苦悶し、あるいは薬で呆然としていても、私たちにはそれが許されない。

両乳房切除の十日後、そして胸部の拡張器《エキスパンダー》による再建処置の開始直後に、私は職場復帰しなければならなかった。手術前の数ヶ月、化学療法を受けている間もずっと教壇に立っていたにもかかわらず、傷病休暇を使い果たしてしまったのだ。がんを治療するために休みを取っても、それまでに築いたキャリアがなくならないということが保証されるなら、世界中のどんな種類のシリコン製人工乳房を使う手段も投げ出していたかもしれない。けれどがん治療の期間が育児介護休業法に定められた無給休暇の狭い枠の幅を超えてしまった場合、そんな保証はどこにもない。

ロードやバーニー、そのほかの人たちがこれまで巧みに描写してきた痛みを認めること自体を拒まなくてはならないような自分の状況に、私は怒っていた。そして乳房切除手術について何も感じないように努めていた。なぜなら一連のできごとの重みをすべて感じることで――特に一年半に及んだ攻撃的な化学療法の後では――私がそれらを生き延びる最後の力を使い尽くしてしまうであろうから。私は自分の胸を失ったことを嘆きはしない。私たちが共有する世界が置かれた状況の方が、より急速に、より嘆かわしいものになっているからだ。

術後の数日間は、友人たちに車で職場まで送ってもらうよりほかないことに腹が立つ。私を助けるために、みんなすでにかなりの犠牲を払ってくれている。腕が使えない私の代わりに教室まで本を運んでくれる。手術の後、痛みと喪失感で朦朧としながら、ウォルト・ホイットマンの「眠る人びと（The Sleepers）」という詩について、三時間の講義をする。「歩きまわり、心は乱れ、自分に迷い、まとまりがなく、矛盾だらけ」[*7]。きつく圧迫された胸には排液バッグが縫い付けられていて、私はそんな自分の姿を、乳がんのサバイバーとして勇敢に可視化したいという思いでいた。けれど学生たちは、私の体に何がなされたのか、どれほどの傷を負っているのかなど知る由もない。

乳がん治療のどんな側面についてであれ、誰かが公共の場で不平を言うやいなや、人々の声に打ち消されてしまう。がんになったこともない人たちが、恩知らずだと責め、恵まれているのにと言い、そういう態度が死を招くなどと警告し、私が死んでいたかもしれないことを思い出させるのだ。がん患者なら誰しも言われたことがあるように、私も感謝すべきだと言われる。治療が受けられること、意義深い仕事があること、友人がいること、ここまで生き延びられたことに。感謝することで回復がうまくいくのだと言われる。私は本当に感謝している。そのはずだ。「眠る人びと」でホイットマンが書いているように「棺と暗い墓穴のなかにいない者は誰であれなんの不足もないことを悟らねばならぬ」のだから。すべての人と同じく、私にとっても「喪失を嘆く自分だけの時間」が許される期限は、とっくに過ぎてしまった。

＊

がん治療の経験の多くの側面が可視化されながら、状況が悪化している部分もやはり多いことは、いまや明らかだろう。苦労して得た認識も、失望を伴うほどすぐに変わるものと黙認され、何度繰り返し闘っても、新しい常識にまた失望するだけなのだ。可視化によって、見える人やものとの力関係が確実に変わるわけではない。目に見える獲物の方が明らかに捕まえやすい場合でなければ。

人々の死が可視化され、憂慮が可視化され、苦悩が可視化される。世界全体が世界全体の監視下に置かれている。ドローンパイロットは可視化された敵を殺す。企業は可視化された私たちの通信履歴やクリックをデータマイニング［様々な分析方法を大量のデータに網羅的に適用して知識を取り出す技術］する。可視化されたサポートグループに、苦痛について投稿する。人工衛星の浮かぶ空は可視化されたあらゆるものを見下ろしているが、鳥や雲は穏やかさを保ち、そんなことには無関心だ。医療現場のスクリーンでは、かつては人目に触れなかった体の内側がひっくり返され、可視化されている。いま生きているほとんどの人は、かつては直接的に経験したあらゆることが可視化されることを予想している。問題を認識しても、私たちが本当に必要としている解決策はほとんどもたらされない。それどころかいまや私たちには、限定的な真実からなる企業的な構造のなかで、一般的な悲劇の記号を増幅させるという仕事までが追加されている。

悲劇のなかでも最悪の悲劇、そしてほかの人たちとそう大きくは違わないであろう私自身の葛藤のなかに、世間に知らしめるべき悲痛さ、不当さ、理不尽さが存在しないとは言わない。しかしながら、謎に包まれ曖昧なままのものが残っていて、そこに希望があるのではないかと私は思う。この世界の運命は、ネガティブなものが与える望みにかかっている。視覚だけが感覚ではないことに、望みを託すのと同じことだ。

美に抗うことについての最も美しい本を書きたいと、私はずっと思ってきた。タイトルも考えた。『シクロフォスファミド、ドキソルビシン、パクリタキセル、カルボプラチン〔いずれも抗がん剤として使用される薬品〕、ステロイド、抗炎症剤、抗精神病薬、抗神経性嘔吐薬、吐き気止め、抗うつ剤、鎮痛剤、生理食塩水洗浄、胃酸抑制剤、点眼薬、点耳薬、麻酔クリーム、アルコール除菌シート、抗凝結剤、抗ヒスタミン剤、抗生物質、抗真菌薬、抗菌薬、睡眠補助薬、ビタミンD3、ビタミンB12、ビタミンB6、マリファナの紙巻きタバコ《ジョイント》、マリファナ・オイル、マリファナ入り食品、ヒドコロドン、オキシコドン、フェンタニル〔いずれも麻薬性の鎮痛・麻酔薬〕、モルヒネ、アイブロー・ペンシル、フェイスクリーム』。

やがて執刀医から電話で告げられた。彼女の見る限り、治療薬が正しく作用して、私のがんは無くなった。六ヶ月間の化学療法の後に行なわれた両乳房切除手術は、「病理学的完全奏効《PCR》」*8であることが判明した。私が望んでいた結果だった。いつか死ぬときが来ても、原因はこの病気ではない可能性が高まったのだ。

そのニュースによって、私は巨大な愛と怒りだけで作られた身体のなかに生まれ直した赤ん坊になった。これまで起きたことへの見返りとして、もう四十一年生きるとしても、まだ足りないだろうと思う。

原注

1 イブン・スィーナー「我々は言う：もし人間が一瞬にして作られたとして、彼は四肢から離されて見ることもできず触ることもできず、手足それぞれもお互いに触れることができず、彼には何の音も聞こえず彼の内臓の存在も知らないが、それでも彼はひとつの個別のものとして存在していることがわかる。先立って存在するものを何ひとつとして知らずとも。ところで未知のものがそのまま既知のものであることはない」

2 「なお又、人が徐々に死んで行き、手足が段々に生命感覚を失って行くのを見受けることがある。先ず最初に足の指が、それから爪が蒼ざめて来て、次に足や脚部が死に、それから後は他の体軀全面にわたって徐々に冷い死の跡が広がって来る。然し、これも魂《アニマ》の本質が分解されるのであって、一時にまとまって〔体外へ〕出ないだけのことである以上、魂《アニマ》はやはり死すべきものであると考えなければならない。」（ルクレティウス『物の本質について』樋口勝彦訳、岩波文庫、一九六一年 一三四頁）

3 D.G. Compton and Jeff VanderMeer. *The Continuous Katherine Mortenhoe*. New York: New York Review Books, 2016.

4 Ibid.

5 Ibid.

6 Ibid.

7 Burney, *Diaries and Letters.*

8 Lorde, *The Cancer Journals.*

9 乳房切除手術を受けた状況について、私とは時代的な差異があるものの、ロードもやはり術後に抵抗しながらも起きなければならなかった。けれどロードの場合は、痛みを感じた際に声を出すことは、基本的な権利のためでもあった。彼女は『キャンサー・ジャーナルズ』に書いている。「回復室で私は叫び声をあげ、悪態をついたのを覚えている。うんざりしたナースが痛み止めを打ってくれた記憶がある。ここには病人がいるんだから静かにしろと私に言う声が聞こえたのも覚えている。私は言った。ええ、でも私だって病人なんだから、私にだって権利がある」。

10 Julie Appleby. "More Women Are Having Mastectomies and Going Home the Same Day." NPR, Feb. 22, 2016, www.nrp.org/sections/health-shots/2016/02/22/467644987/more-women-are-having-mastectomies-and-going-home-that-day.

訳注

＊1 イヴン・スィーナー（九八〇―一〇三七）は、ペルシャの哲学者、医者、科学者。「空中人間」は哲学書『治癒の書』で登場する比喩。外界も自己の肉体も知覚しない状態で空中に漂う人形のように自己の存在を把握するという喩え。

＊2 ルクレティウス（前九四―前五五頃）は共和制ローマ期の詩人・哲学者。エピクロスの原子論を詩の形式で解説した本書で、森羅万象を原子と空虚から合理的に説明して宗教的呪縛から人々を解放し、後世の思想家、科学者に影響を与えた。

＊3 病後に記憶を失ってしまった状況を、眠りと覚醒の曖昧な状態、幼少期の記憶や思索などが重層的に入り乱れて一人称で綴られる、プルーストの長編小説『失われた時を求めて』になぞらえている。

＊4 SF小説。一九七四年刊。八〇年に『デス・ウォッチ』として映画化。ロミー・シュナイダー、ハーヴェイ・カイテルなどが出演。

＊5 実際の「ゴードン症候群」とは偽性低アルドステロン症II型のことで、遺伝性の尿細管疾患だが、本小説の中で描かれる症状は架空の病気と思われる。

＊6 日本では乳房切除手術の場合、術後七〜十日程度で退院となるのが一般的だが、米国では保険制度の制限強化により、在院期間は短縮され、外来治療へと促されることが多い。

＊7 ウォルト・ホイットマン（一八一九—一八九二）は米国の詩人。給仕、印刷工、教師、記者など職を転々としながら、一八五五年、詩集『草の葉』を出版。伝統的な詩形にこだわらない、自由詩というジャンルを確立。民主的人間観を謳う。「眠る人びと」は本書に収録された一篇。

＊8 手術により摘出した組織を、光学顕微鏡を用いて検出し、がん細胞が完全に消失したことが確かめられた状態のこと。

欺瞞

天の神々を動かす能わずば、冥界を動かさん

フロイト『夢解釈』[*1]のエピグラフ
一八九九年

1.

ある記事の見出しがふと目に入った。「乳がんサバイバーにとって、すべては心がけ次第」。それに似た見出しを私は探した。例えば「エボラ出血熱の患者にとって、すべては心がけ次第」とか「糖尿病は心がけで治る」とか「先天性梅毒は心がけ次第」とか「鉛中毒には心がけが肝心」とか「犬に手を噛まれても心がけで乗り切る」とか「銃の犠牲者は心がけ次第」とか「アル中の十二歳を救うのは本人の心がけ」とか「フォードF150に轢《ひ》かれたコヨーテは心がけ次第で助かる」とか「重力は心がけでなんとでもなる」とか「水循環の課題は心がけの問題」とか「静脈瘤サバイバーにとってすべては心がけ次第」とか「サンゴ礁絶滅の危機も心がけで解決」など。

2.

オクラホマ州の教師ケン・マボーンの勤務先の高校の生徒たちは、彼のために募金を集め、がんの治療を受けに行かれるようにと新車の鍵を送った。[1] オレゴン州に住むシングルマザーのジェニファー・ギャスキンの友人たちは、治療の期間中に彼女と子どもたちが食べるのに困らないよう、交代制の食事当番を決めた。[2] アリシア・ピエリニは上腕にイタリック体でこんな言葉のタトゥーを入れた。「この闘いを始めたのはがん　終わらせるのは私」。[3]

マギーは化学療法に耐えたが、そのせいで歩行が困難になった。モニカは初めての化学療法のあと、脚の骨を二箇所も折った。ロバートは化学療法のせいでほぼすべての歯を失い、制御不能な痙攣を起こすようになった。ジョン・イングラムは胸部の細胞切除による慢性的な痛みに耐えていた。ダイアン・グリーンは乳房切除の影響について、こう話した。「私は家を失い、結婚生活を失い、健康を失い、仕事を失った。何もかもすべてなくなった」。[4]

オーストラリアのライフスタイル・ブロガーで、『ザ・ホール・パントリー』という著書もあるベル・ギブソンは、二〇一四年に「ELLE」誌によって「今年出会った最も刺激的な女性」と評された。自ら食事療法でがん治療をしていると宣言したベルは、血液と脾臓、子宮と肝臓にがんがあると語った。ところが、彼女はがんではなかった。[5]

発表された報告によれば、いま挙げた人たちは誰もがんではなかった。車を送られた人も、タトゥーを入れた人も、化学療法を受けた人も、手術を耐え抜いた人も、本を書いた人も。ジョン・イングラムやダイアン・グリーンのように、医者の誘導によって、本当はそうではないのに自分はがんを患っていると信じ込まされた人もいる。そうではなくケン・マボーンやジェニファー・ギャスキンやアリシア・ピエリニやベル・ギブソンのように、自分はがんではないと明らかに知っていたはずなのに、周囲の人にそう信じ込ませていた人もいる。

ミシガン州に住むがん専門医のファリド・ファタは、がんではない人々に化学療法を施した罪で懲役四十五年の判決を受けた。[6] 英国の乳腺外科医イアン・パターソンは、患者たちに無害な症状を悪性と信じ込ませ、乳房切除に誘導したとして懲役十五年の判決を受けた。最終的には「意図的な傷害」で有罪になったが、それ以前には冗談まじりに「何としても休暇の資金を稼がなくちゃ」と周囲に漏らしていたという。[7]

がんだと嘘をつかれる人たちがいる。がんだと嘘をつく人たちもいる。この世界は、がんを偽る人たちによる裏づけに乏しい物語に満ちている。その人たちは皆、誰もが必要とし、そして手に入れるべきものを求めただけのことだ。ささやかな休暇、自由になるいくらかのお金、冷蔵庫のキャセロール［野菜や肉とパスタ、米、缶詰のスープなどを入れオーブンで焼いた家庭料理］、少しの愛情。偽の診断書を使って百日間の休暇を取った男性の物語や、自分で髪を剃って教会で寄付を募った女性の物語、ＨＰＶ［ヒトパピローマウィルス、最も一般的な生殖器へのウィルス感染症］を進行中の子宮頸がんであると偽り、クリスマスのディナーの席で話題の中心になろうとしたシスターの物語もある。医者の側でも、良性の、あるいはがん関連の疾患の軽度な症状のある患者を誤った方向に導き、深刻な進行性がんの治療を受けさせるケースがある。死期の近い患者にそのことを告げず、高額で苦しいだけでほぼ無意味な治療介入に導く医者もいる。がんを偽る人々の嘘が発覚した場合、法的手段に訴えられなかったとしても、大体は何らかの社会的な追放処分を受けることになる。医者が患者に対して過剰な治療を施したとしても、大体はどんな処分も受けない。

嘘をつくのは医者や患者ばかりではない。研究者のロジャー・ポワソンは、一九七七年から一九九〇年にかけて、乳がん研究の重要な指標となる調査を実施したが、対象となった患者のうち百人近くの治療にまつわる調査結果を改ざん、または捏造したことを認めた。ポワソンは調査対象のためを思って記録を改ざんしたと主張するが、そもそも研究対象として不適格であるにもかかわらず選ばれていた患者が数多くいた。「科学における重大な不正行為」と題されたタイム誌の記事によると、「調査員たちは、ポワソンの研究室で患者たちの情報をまとめた報告書が二種類あるのを発見。そのうち一冊には〈真〉、もう一冊には〈偽〉と記されていた」[8]。

二〇一七年の九月には、抗がん剤タキソテールの、生活を激変させるほど有害な副作用について、患者や医者への警告が不十分だったとして、医薬品製造会社サノフィ・アベンティスに対する大規模な広域係属訴訟[*2]が起こされた。早くも二〇〇九年の段階で、アメリカ食品医薬品局（FDA）はサノフィに向けてこの薬品に関する同社の主張に虚偽があるという警告を送っていた[9]。別の判例では、二〇一七年七月に製薬会社セルジーンは、抗がん剤としての使用が未承認の薬品を市場に流通させたとして、二億八千万ドルを支払うことに同意した[10]。FDAによれば「犬や猫のがんを治すとされる偽薬が、インターネット上に次々と現れ始めている」[11]。

ニュース報道によると、三十八歳の英国人女性ケルシー・ホワイトヘッドは、自分で髪を剃り落とし、病気の影響でやつれたように見えるメイクをして、職場で無理やり嘔吐した。彼女はヒックマン・カテーテル——外科手術による埋め込み型のカテーテルで、化学療法で薬剤投与のために使用されることがある——を購入し、自ら胸部を切開してそれを挿入していた。ホワイトヘッドに詐欺罪の判決を下した裁判官は、彼女に向かって、あなたは「深刻な精神的問題」を抱えていると語りかけた。[12]

製薬会社は嘘をつく。医者も嘘をつく。病気の人間も嘘をつく。健康な人間も嘘をつく。研究者も嘘をつく。インターネットも嘘をつく。

Cureyourowncancer.org《自分のがんは自分で治そう》のサイトでは、マリファナオイルや、大麻の葉のロゴと「アイ・キル・キャンサー《がんを殺す》」というフレーズの入った四十五ドルのキャップなどが販売されている。「大手の製薬会社は、彼らの製造するいわゆるがんの〈治療薬〉に実際の効果があると納得させるために嘘をついている」というのがこの団体の主張だ。「がんにまつわるでっち上げを解説する」という九分四十四秒のYouTube動画の概要欄には、ただこう書かれている。「医療産業があなたを殺す」。

*

乳がん患者になれば、何月であろうといつも〈ピンクトーバー〉[*3]だ。そして毎年、実際の十月は地獄の季節になる。世界がリスペクタビリティ・ポリティクス[*4]で血のピンク色に染まるから。まるで、乳がんで亡くなった人たちは、態度が悪かったせいで、あるいはソーセージを食べたり若い医者を信用しなかったりしたせいで死んだとでも言うかのように。私の化学療法がうまくいき始めると、あなたが生き延びることはもちろんわかっていた、とみんなが言う。まるで私がとても特別で強く、ほかの人たちは誰ひとりそうではないかのように。

インターネット上のフォーラムには、乳がんによる喪失の現在進行形の記録が残されている。ある女性たちは、自己充足したサバイバーとして自分たちの物語を投稿する。ただの頭痛の診療のために医者の元を訪れ、転移した進行性のがんで自分が死に向かっていることを初めて知った。質問してもいないのに、答えを突きつけられたのだ。女性たちはフェイスブックのグループに、メーリングリストに、オンラインフォーラムに別れの言葉を残す。彼女たちのパートナーが代わりにそうすることもある。彼女たちは、自分たちがいつ死ぬかを知っている。死期はあまりに近い。生き延びるためなら何でもしようとする人たちもいる。そしてそのせいで死んでしまう。

それらは訪れて当然の死ではない。ピンクリボンの描かれたパトカーとピンクの手錠、ピンク・メッセージの入った衣服やピンク色のピンポン球、ピンクのペットボトルやピンクの拳銃を見て、それを進化とはき違えてはいけない。その進化は死んでいく女性たちを、どこか期待外れの存在にしてしまう。ピンクリボンが、人を殺す道具やプロセスを飾る。この状況を正す方法はなく、これまでにも試みられたことがない。

アメリカ合衆国内では、毎年四万人以上が乳がんで亡くなっている。十三分にひとりの女性が死んでいる計算だ。もし化学療法がすでに手遅れだったり、間違った種類のものだったり、あるいは別の理由で効果が出なかった場合、トリプルネガティブ乳がん――私と同じタイプ――はすぐに胸部を離れて体じゅうを駆け巡り、人の体のなかの柔らかい部位で進行する。脳、肺、肝臓。そうなればもう呼吸をするのも苦しく、生活もままならず、思考停止の状態になる。

乳がんにはいくつかの種類が存在することも、それぞれの違いも、当然ながら多くの人は知らない。乳房組織を持つ誰もが乳がんになる可能性があることも。男性も女性もノンバイナリーの人たちも、シスジェンダーもトランスジェンダーも、老いも若きも、強靭でも軟弱でも、ストレートでもクィアでも、乳がんになる可能性がある。良いがんというものは存在しない。ただし、より一般的な乳がん、ホルモン受容体陽性乳がん*5の人たちは、タモキシフェン*6を服用し、大豆製品を食べ、未来に目を向けて、がん患者のチャットルームで「少なくとも私はトリプルネガティブじゃない」と言ったりする。この発言をする人があまりに多く、私は見るのも辛くなったほどだ。ステージ4の乳がん患者たちの多くは、そのがんが原因で死ぬことになる。けれどホルモン受容体陽性乳がんの患者は、たとえがんが転移しても、それが侵襲に時間のかかる硬い物質である骨から始まれば、進行の速度が遅くなる可能性がある。つまりしばらくは生きる時間を与えられるということだ。

オンライングループにいるトリプルネガティブ乳がんのステージ4の女性たちは、すでに何年間も思考に困難を抱えてきたように見える。彼女たちが投稿するのは、基底細胞が分裂するスピードの速さや、脳のなかに灯っている点への懸念だ。あるいは、めまいを感じることへの恐れ、消えることのない体の冷え、「これは化学療法の影響で残った認知機能の衰えなのか、それとも脳に腫瘍があるのか」という疑い。または感覚を失った手のせいで、キーボードを打ったりペンを握ったりできないまま働くことについて。トリプルネガティブ乳がんになる割合は、黒人女性に偏っている。[*7] そして、私が思うに医療業界にはびこるレイシズムのせいで、乳がんのなかでもトリプルネガティブにだけ、対象を絞った治療法が未だに存在しない。さらに、トリプルネガティブに苦しめられる患者には若者が多く、肉体が健康であればあるほど病気はより活発に、危険になるというロジックが当てはまるがんでもある。「不幸中の幸いなのは」と、最初に私に病名を告げたとき、腫瘍内科医が言った。「少なくとも、化学療法というものがありますから」。このがんで亡くなった女性たちの死は、人種差別によるものだ。避けることができるはずのものだ。彼女たちの死への私たちの悲しみは、地球を引き裂くほど深い。

フォーラムに集う、生きている女性たちは、死んでしまった女性たちを「天使」と呼ぶ。女性たちのなかには、もうひとつの過酷な統計に現れた人生を歩む人たちもいる。積極的な治療の期間中もそうだが、特にその後の人生において。彼女たちは見捨てられ、離婚して、裏切られ、虐待され、障害を負わされ、仕事を解雇される。貧困と傷心はともに医原的である。つまり、病気ではなく医学的治療が原因で発生していると考えられる。SNSでは、大半の人々に治療可能と誤解されている病気で死にゆく人たちのアカウントと、見捨てられ、貧困に苦しみ、職につくことができず、脳に損傷を受け、痛みを感じている乳がんサバイバーたちのアカウントが混在する。さらにそれらは、私の友人知人たちの投稿のあいだにも組み込まれていく。彼らの政治的な議論、文芸界のスキャンダル、事情通による意見。そして警察による銃撃や気候への絶望、路上でのアクションなどのニュースのあいだにも。

治療後の夏に私が加入したメーリングリストでは、化学療法に使用されるある薬品の非常に重い副作用を抱えて生きていくことに対して、世界中の患者たちからの同情が寄せられた。FDAに働きかけ、その薬品の使用に関する警告を発表させることに成功した件についても、お互いにメッセージを送り合った。そして法廷での闘いが始まると、製薬会社がその取り組みを歪曲していないかどうか、意見を交換し合った。被害者に訴訟を起こすよう促す弁護士のコマーシャルが全国ネットのテレビで流れるかも、とジョークを言い合うこともあった。これは「医薬品産業の歴史上で最も露骨な情報開示の欠如の事例」だと、弁護士が私に言った。当時の私には訴訟を起こす気力もなく、弁護士を雇える気もしなかった。治療から数ヶ月が経ったころ、かつては公開されていなかったこの薬の副作用によって、私自身も残りの人生でずっと苦しみ続けるのだと気づいた。それでも私は生き延びた人生の時間を訴訟に費やすことに耐えられなかった。ようやく自分が投与された薬品の量を確認するため、記録を求める連絡をする気になった頃には、その薬品をめぐる訴訟は公になっており、私の記録は追跡不可能だった。このふたつの事実に因果関係があるのかどうかはわからない。何年も経ってから、訴訟に加わらなかったにもかかわらず、サポートグループに参加したというだけで、製薬会社側の弁護士たちが私のEメールのデータを召喚していたことがわかった。意志に反して私の話が訴訟の一部に組み込まれるのを止めるために、私は弁護士を見つけなければならなかった。がんも、その薬も、その薬による生涯続く影響も、その薬による生涯続く影響に関して申し立てられた裁判への参加も、私が望んだものではなかった。がん治療の影響による影響は、永遠に終わらないのかもしれないと感じ始めていた。消費者のプライバシーを専門とする非営利団体が助けになってくれた。それでも、あんなことをした製薬会社は——がんそのものと同じように——常に不気味に近くにいて、私の扉を叩くタイミングを今も待っているように感じる。

私の知るあまりに多くの女性たちが、損傷や障害などの後遺症を残した薬品による治療を選択せずに、がんによって死ぬことを選べばよかった、と言う。医療・製薬業界の利益追求と薬品によって損なわれたその後の人生に、耐えがたさを感じているのだ。しかし、それは誤ったジレンマだ。問題となっている薬品について言えば、同等の効果を持ちながら、永久的な損傷を与えるリスクの低い、別の種類の薬品が存在する。それでも、私たちの治療に使われ、私たちを傷つけた薬品が、ほかの誰かにとってはより有益な選択となることもある。もう生き続けられない、と遺書のようなメッセージを送ってきた女性たちもいた。そういうメールが、私宛てのほかのメールに混ざって届く。仕事のメールやアルタ［化粧品の小売チェーン］からのメール、編集者たちからのメール。傷口から引き出されたような悲しみが、情報という水平線のあいだに漂う。

　あなたにもわかるはずだ、そうであってほしい。こうしたさまざまなことのせいで、私にはすべてのピンクリボンが、一人ひとりの女性たちの墓に突き刺された征服者の旗のように見えてしまうのだ。

3.

Vログ制作者で、自らを母親であり妻であると称するクープディズル《Coopdizzle》は、トリプルネガティブ乳がん患者として生きる彼女の人生の最後の日々を、映像で記録した。「I'm Dead《私は死んだ》=(」と題された動画内で、彼女は「がんになるのは、まさに目を開かれるような経験」と語る。初めてクープディズルを知ったのは、やはりトリプルネガティブ乳がん患者のクリスティーナ・ニューマンの動画に彼女が残したコメントからだった。診断を受けた後、私はクリスティーナの動画をよく見るようになっていた。

二〇一一年にアップされた「なぜ私は化学療法と放射線治療を拒否するのか」という動画で、クリスティーナ・ニューマンは彼女が食事療法のみでがんを治療する決断をした経緯を説明する。クープディズルはその動画へのコメント欄に、自分が標準的な薬物治療を続けていくことにしたのは、クリスティーナの経験談に背中を押されたからだと書いている。このコメントを見て私はクープディズルのチャンネルもフォローし始めた。というのも、クリスティーナのその後の経験を知ることによって、私も同じ影響を受けたからだ。クリスティーナのおかげで、私はもう嫌だと思うときにも化学療法を続けた。クリスティーナ・ニューマンは食事でがんを治療する試みが失敗に終わったのち、化学療法に切り替え、過去の彼女と同じ選択をしないようにとほかの人たちに警告している。

ニューマンが進行型のがんという診断を受けたのは、辛さが次第に増していくようないくつかの発見があった時期と重なっていた。彼女によると、体のだるさを感じるようになり、何かがおかしいと医者に相談した。医者たちは彼女の懸念をがん治療後の不満として取り合わず、彼女の妊娠に気づけなかったのだ。彼女は娘のアヴァを出産した。妊娠高血圧腎症の危険な発作のなかでの急な出産だった。気になる症状が未解決なままなので、クリスティーナは医師に苦しみを訴え続けた。彼女によれば、医者たちはクリスティーナの懸念を脇に追いやり続け、彼女の訴えを今度は産後特有のものとして退けた。ニューマンによると、医者たちは実際に何かを見つけるまで、きっと何も見つからないだろうと言っていた。彼らがついに見つけたのは、クリスティーナの肝臓に進行型のトリプルネガティブがんが広がっていることだった。それは彼女が新生児の世話をしながら死に向かっていることを意味した。クリスティーナ・ニューマンが化学療法を拒否するという最初の決断を話す動画――あの悪夢へと転がっていく物語の最初の場面――の下に誰かがコメントしている。「ハーブの推奨者や、自然でオルタナティブな治療云々を支持する偽アーティストたちへ。戯言を撒き散らすからこういうことが起きるんだ」

「最後のデイリー・ファミリーVログ　ますます辛いお知らせ#72」というタイトルのついた動画で、クリスティーナのパートナーは言う。「彼女はまだ諦める準備ができていない。まだ諦めたくないんだ」。それが彼女の最後の投稿だ。私はがん治療の最初の数週目にこの動画を見たことを覚えている。クリスティーナの死を嘆き、自分のこれからが怖くなった。その当時、クリスティーナはまだ生きていて、パートナーの隣に座って、管から酸素を吸っている。ほとんど話すことができず、ステロイドで顔が浮腫んでいた。私とほかの視聴者がクリスティーナの姿を見たのはそれが最後だった。それに続く動画では、彼女の友人がクリスティーナの生きた最後の数時間を語っている。いかに彼女がもっと動画を収録したがっていたか、牧師が臨終の儀式を執り行うあいだの彼女の動揺した様子、その後亡くなるまでの苦しい数時間のこと。

クリスティーナのYouTubeアカウントで、誰かがすでに生きていないクリスティーナのフォロー数について、お祝いのコメントを書き込んでいる。タミー・ロケットという名前で書かれたコメントには「ハロー クリスティーナ アプリコットの種の核、杏仁を試してみるべきわからなければ検索してみて これ以上に効くものはないと私は確信しています」とあり、ヴァーミノン・Jは「リック・シンプソン、そして彼のマリファナ・オイルを検索してほしい。このオイルを始めて数ヶ月でがんが治ったと証言する人がたくさんいる。『医療から逃げろ』という映画をYouTubeで見て」と書いている。チャーリー・Rは「ちょっと提案していいですか？がんは低pHの環境でしか生きられません。あなたはアルカリ性の水を飲むべき、pH値が高いのでかなり助けになると思います」と書き、bluewaterriderというハンドルネームで書かれたコメントには「クリスティーナ。YouTubeの検索欄にUCテレビジョン　ビタミンD　がんと打ち込んで。動画を見て。死亡率が七十五パーセントも減少したケースもある。それから、セカンドオピニオンを聞いて。医者たちの知識にはバラつきがあるし、みんながあなたに必要な助言をくれるわけじゃない。もし自己管理がものすごく得意なら、ケトジェニック・ダイエットも検索してみて」。gmastersという名前で書かれたコメントにはこうある。「断食か尿療法を検索して、検討してみることを強く勧めます。このふたつにかかればがん治療なんて簡単だと、ずっと前から話題です」。

＊

乳がんに関わる場面で、実際にピンク色のリボンを見たことは一度もない。そこにあるのはシルクやグログランなどの本物のリボンではなく、何か別のもので作られたり、あるいは描かれたりした象徴としてのピンクリボンばかりだ。駐車場に描かれた巨大なピンクリボンのチョークアートや、自動車ディーラーの窓ガラスに貼られたピンクリボンのステッカー。外科医の診察室に飾られていた、マーシャルアーツの道着の帯を染めてリボン型に寄せたもの。銀色の薄い金属片のツリーを彩るピンクの薄い金属片のリボン。Tシャツや靴下にプリントされたリボン、パトカーの側面やゴミ捨て場にエアブラシで描かれたリボン、銀のチェーンの先についたエナメルのリボン。

活動家のシャーロット・ヘイリーは祖母と姉、そして娘をすべて乳がんで失っている。一九九〇年、最初に乳がんのためのピンクリボン——本物のリボン——を作った人物としてよく彼女の名前が挙げられる。ブレストキャンサー・アクションによると「五つのピンクリボンを袋に入れ、彼女はそこにメッセージを書いたポストカードをつけた。カードには『国立癌研究所の年間予算は十八億ドルで、そのうちがん予防のために使われるのは、たったの五パーセント。さあこのリボンを身につけ、議員たちとアメリカの目を覚まさせるのを手伝ってください』と書かれていた」。ヘイリーは可能な限りあらゆる場所でこのカードを配った。寄付は集めず、口コミだけでこのキャンペーンを広げていった[13]。

いまとなっては有名な話だが、健康誌「セルフ」と化粧品会社エスティローダーからマーケティング・パートナーシップを結ばないかと持ちかけられたヘイリーは、商業的すぎるという理由で協力を断った。ところがエスティローダーは、ヘイリーに拒絶されても当初の計画を中止しなかった。弁護士チームに助言を仰ぎ、リボンの色をピーチピンクからクラシックピンクに変え、一九九二年の秋に百万個以上のピンクリボンを配布した。一九九三年にはエイボン、エスティローダー、そしてスーザン・G・コーメンも乳がんのためのチャリティキャンペーンとして、ピンクリボン商品を売り出した。一九九六年までには、乳がんは企業によるチャリティ事業の対象として「流行り」の存在になった。[14]

クープディズルのYouTubeページにいくと、彼女の息子が笑っているチャンネルの紹介動画が自動再生される。概要欄にはこう書かれている「ただケイデンがふざけてるだけの動画。iPodの容量を空けないといけなくて（笑）」続けて彼女は視聴者に、治療についての提案は控えてほしいと頼む。「ここに載せているのは」と彼女は書く。「私の最後の旅だから」。

亡くなったときには三十代だったクープディズルは、私と同じ二〇一四年にトリプルネガティブ乳がんと診断された。病気がわかって数週間のうちに、私は彼女の動画をフォローし始めた。私たちの病気は似た種類で、治療の過程も似通っていた。すなわち化学療法を経て、その後に手術。私は治療がうまくいき、彼女はそうではなかった。その理由や詳細を知るすべはない。二〇一四年三月にがんの診断を受けたクープディズルは、二〇一五年五月には再発を告げられた。そして二〇一六年十二月に亡くなった。人生の最後の数ヶ月を転移性乳がんの活動家として生きた彼女は、自身の経験を書き、メディアに向けて話し、集団的なアクションのためにほかの人々をオーガナイズした。そしてなによりもまず、尊厳ある死のために、病気の人々の継続する苦しみから利益を得ようとするピンクリボンと乳がん「啓蒙《アウェアネス》」カルチャーに反対するためのロビー活動を行なった。

クープディズルのアクティビズムへの深い思い入れは、死後も生き続けた。彼女のフェイスブックのトップにいまも固定された投稿にも、それが現れている。

……第一に、あのリボンが問題なのではない。問題はスーザン・G・コーメン財団だ。名前の張本人であるスーザンが転移性の乳がんで亡くなったとき、彼女の妹は治療の発見に必ず協力してみせると言った。それから三十年、私たちの状況は良くなっていないどころか、わずかながら厳しくなっている。コーメン財団による末期乳がん研究への寄付金は、ごく少額に過ぎない。私たち患者を見えない場所に押し込め、実在しないかのように振る舞っている。財団の人々はあなた方からの寄付で利益を得て、豪邸や高級車を手に入れているのだ。

世界最大の乳がんチャリティー組織であるスーザン・G・コーメン・フォー・ザ・キュアは、

一九八二年に創設された。同団体の財務報告によれば、二〇一六年に乳がんの啓発と研究のために二億千百万ドルの資金を集め、現在までの総額は九億五千六百万ドルである。コーメン・フォー・ザ・キュアは「治療のためのレース（レース・フォー・ザ・キュア）」という有名な募金活動のスポンサーでもある。また乳がんに関わる活動家たちからの批判に対抗するため、広報活動に力を注いでいる。

コーメン・フォー・ザ・キュアはピンクリボンの誕生について独自の物語を展開している。「ザ・ピンクリボン・ストーリー」と題されたコーメン版エピソードによれば「スーザン・G・コーメン・フォー・ザ・キュアは一九八二年の創設当初からピンク色を使用してきました。第一回目のコーメン・レース・フォー・ザ・キュアのためにデザインされたロゴは、ピンクのリボンで抽象的に描かれた女性ランナー。このロゴが八〇年代半ばから九〇年代初頭まで使用されました」。コーメンによると、一九九二年には「セルフ」誌とエスティローダーがこの取り組みに加わった。シャーロット・ヘイリーのピーチ色のリボンは、このストーリーには登場しない。[15]

コーメン財団はかつてＫＦＣと組んで「治療のためのバケツ」キャンペーンを展開し、大きなピンクのバケツ型容器（バーレル）に入ったチキンを販売した。二〇一一年には、ホーム・ショッピング・ネットワークで「プロミス・ミー（約束して）」と名づけられた香水を売り出した。活動家の組織ブレストキャンサー・アクションは、この香水にクマリン、オキシベンゾン、トルエン、ガラキソリドなどの発がん性のある原材料が含まれていることを指摘した。コーメンは香水の改良に同意したが、有害物質が含まれていたことは否定した。[16] 二〇一四年、クープディズルと私が乳がんと診断されてから初めてのピンクトーバーの期間中、コーメンのCEOジュディス・セラーノは四十二万ドルの給料を得ていた。同じく二〇一四年、ベーカーヒューズ社［世界最大の油田サービス会社のひとつ］がコーメンと組んで、乳がんピンク色のフラッキング・ドリル*8を一千個製造した。ブレストキャンサー・アクションの代表カルナ・ジャガーは「未来を生きる人たちが、安全な飲み水か乳がん治療かの選択を迫られるとき、過去を振り返ってベイカーヒューズとスーザン・G・コーメンに感謝するでしょう」と発言している。[17]

クープディズルのフェイスブックのアカウントで、死を迎える彼女の姿をパートナーがこう描写している「生きたい、という彼女の燃えるような情熱を私は感じます。生き続けさせてあげられたらと、切実に思います。私にそうできたらどんなにいいことか。ただそうできたなら」。

「なかに入ると恐い場所」と、かつてクープディズルは書いた。「それが、がんの国《キャンサーランド》だ」。

*

カリフォルニア州に住む学校教師のネリーン・フォックスは、四十歳だった一九九一年に乳がんと診断された。彼女は健康保険会社に、当時かなり期待されていた新しい治療法――骨髄移植と高用量の化学療法――の費用の補償を求めたが、拒否された。治療のために個人的に寄付を募ることもできたが、結局彼女は二年後に乳がんが原因で亡くなった。彼女の兄弟が健康保険会社を相手取って裁判を起こし、フォックス家は八億九千万ドルの損害賠償金を勝ち取った。[18] 同様の訴訟が八十六件起こされ、そのうち四十七件で勝訴した。また四つの州議会で、この治療への保険適用の義務づけが決定された。エイズ・アクティビズムの成功に鼓舞され、乳がん患者の女性たちはその新しい治療へのアクセスを広げるために熱心なロビー活動を開始した。病院は高利益な治療に八万ドルから十万ドルを請求したが、そのうち病院でかかる費用は六万ドル以下だった。健康保険会社は消極的ながら補償を認めるようになり、結果的に四万千人以上の乳がん患者がその治療を受けた。

研究者も医者も患者も、ついにこの治療こそが決定的なものになるかもしれない、と楽観的な言葉を述べた。それらはメディアでも引用された。治療の過程は長く、激しい痛みを伴い、さらに患者は病院でも何日間もの隔離を余儀なくされる。副作用としては敗血症、出血性膀胱炎、骨髄不全、肺不全、静脈閉塞疾患、心不全、心毒性、急性骨髄性白血病、骨髄異形性症候群、腎臓毒性、性心理障害などが挙げられ、また治療後一年間は日和見感染症［抵抗力が弱っている時に病原性を発揮しておこる感染症〕への脆弱性が増大する。複数の報告によれば、五人に一人の女性がこの治療が原因で亡くなっている。[19]

この乳がん治療の裏づけとなる決定的データを伴う唯一の研究を行なったのが、南アフリカのウェルナー・ベズウォーダ博士だった。米国の研究者たちがベズウォーダと同じ治療を六人の女性に対して行なったところ、そのうち四人に深刻な心臓障害が引き起こされた。うちふたりの心臓障害は致命的だった。別のひとりは治療の直後に乳がんで亡くなった。もうひとりは生き続けたが、障害が残った。ベズウォーダはのちに研究が虚偽だったことを認めた。[20]四万人以上の女性たちが、高額かつ身体に多大な負担のかかる、嘘の上に重ねた嘘の治療に耐えていたのだ。転移性乳がんの治療は、いまだに存在しない。

＊

私が乳がんと診断された二〇一四年には、全米中に三千三十二万七千五百五十二人の乳がん患者がいると推測されていた。私がこの本を書き終える二〇一九年、推定二十七万千二百七十人が新しく乳がんと診断され、四万二千二百六十人が亡くなるとされている。合衆国では乳がんによる死亡者数は一九七五年まで毎年ゆっくりと増え続け、その後一九八九年までは横ばいで、そこから減少し始めた。ただし五十歳以下の患者に限れば、死亡者数は二〇〇七年から大きな変化がない。

「乳がん」としてまとめられる病気の集合体によって亡くなるのは、どんな人たちなのか。それは収入や教育、ジェンダー、家族構成、医療へのアクセス、人種、年齢などに影響される部分が大きい。黒人女性の場合では、乳がんと診断される確率は全体の平均より低いが、死亡率は高くなる。非婚の女性が乳がんになった場合も死亡のリスクはより大きく、十分な治療を受けられない確率も高い。貧しい地域に住む、結婚していない乳がん患者の生存率が、全体で最も低い。乳がん患者たちのなかには、例えばトランスジェンダーやシングルマザーなど、この本を執筆している段階ではまだ疫学上のカテゴリーとしてまとめられていない人たちもいる。

統計上では以上のようなことが言えるが、それらは必ずしも真実ではない。実際のところは、乳がんの分布状況や、得られた数字の正確性を多少なりとも把握することは難しい。まず、乳がんの疫学的報告の背後に利害関係や広報活動が絡んでいる場合――例えば乳がんのチャリティ活動では、医療の進歩についてポジティブな物語を伝えられるような数字を示す――がある。それだけでなく、これまで乳がんと誤認されてきた生理的な発生物が、観察分析技術によってどんどん明らかになってきたからでもある。生命を脅かすものではない良性症状を乳がんと思わされてきた人々がどれほどいたかは、計り知れない。喜ぶべきは、この数年間で、がんを扱う研究者や理学療法士たちが乳がんの過剰診断や過剰治療が人間の生命に及ぼすマイナスな影響の問題を真剣に提示し始めたことだ。

DCIS[*9]とは「ステージ0」乳がんとも呼ばれる状態で、二〇一八年には推定六万三千九百六十人がこの診断を受けている。そう診断された人の多くが、医者から胸に「時限爆弾を抱えている」と言われたと報告している。DCISの人が化学療法やそのほかの攻撃型かつ高額な治療を選択する場合もある。ここで問題なのは、DCISの人々の乳がん発症率は、そうでない人々となんら変わらないらしいという点である。人体を構成するのは細胞であって、時限爆弾ではない。しかし、私たちにそのことを思い出させてくれることに特化した十億ドル産業は存在しない。

二〇一六年十月、「ニューイングランド・ジャーナル・オブ・メディスン」誌上で発表された研究は、乳がんの過剰治療についての先行調査に確証を与えた。これを受けてロサンジェルス・タイムスは、マンモグラフィによって乳がんと診断された女性の大多数が、必要のない治療を受けていたと発表した。よく使われるフレーズとは異なり、早期発見で人生が救われるのではなく、むしろそのために何百万ドルという金額をかけて、生活がすっかり変わってしまうような副作用によって人生が損なわれるという結果が生じていた。ＵＣＬＡの乳がん専門家であるパトリシア・ガンツ博士の言葉を引くなら「これまでと同じことを続けていけば、私たちは多くの人たちを、受ける必要がないうえに、支払えないほど高い費用がかかるような治療にさらすことになる[21]」

乳がん患者は何百万人といるが、そうではない人もいる。そのほかにも自分を病気のサバイバーだと考えている人が多くいるが、現在の研究ではその人たちは医療的監視行為の犠牲者と名指されている。治療へのアクセスの欠如は有害であり、治療へのアクセスも有害であり、監視は有害であり、監視の欠如も有害である。研究者は治療をでっち上げ、患者はがんをでっち上げ、医者も同じことをする。「さあどうする？」「マザージョーンズ」誌の見出しがこの危機的状況に問いを投げかけている。「もし乳がんについてあなたの主治医が語ることが、すべて間違いだとしたら？[22]」

＊

小説家のキャシー・アッカーの乳がんは、おそらく化学療法では治らなかっただろう。ただし一九九六年に彼女が化学療法を拒絶したとき、それを知るすべはなかった。少なくとも、それを理性的に知る方法はなかったはずだ。だが彼女には、それを知る別の方法が備わっていた。「私はある信念を持って生きている」とアッカーはエッセイ「病気の贈り物」に書いている。「信念は肉体と同等、というのがその信念だ[23]」。

しかし彼女の友人たちのなかには——証拠など何も無いのに——化学療法を受けない決断をしたせいで彼女は死んだのだと確信している者もいる。アッカーが死を「欲して」いたとか、自分で自分に死をもたらそうとしたという説は、しぶとく消えずに広まっている乳がんにまつわる数多くの誤認のひとつでもある。サラ・シュルマンは著作『精神のジェントリフィケーション』で、アッカーの死は「乳がんに対する間違った治療法の選択」によるものと書いている[24]。アイラ・シルヴァーバーグは、「ハズリット」誌で発表したアッカーの死についての記述で「当然、彼女は死にたかった」のであり、「あれは彼女の脱出のための作戦だった」と断言した[25]。

アッカーは、「ファイナンシャル・タイムズ」誌に書かれたように、単に「オルタナティブ・ヒーラーにがんが消えたと信じ込まされたせいで、化学療法を拒否した[26]」わけではない。彼女が化学療法を拒否したのは、複雑に絡み合ういくつもの理由があったからだ。化学療法への恐怖、高額な治療費、化学療法を受けても再発率は十パーセントしか抑えられないという主治医の言葉[*10]。もしアッカーが一九九六年の時点で受けることのできた化学療法の治療計画に同意していたなら、彼女はほぼ間違いなく人生の最後の数ヶ月を、次のような諸症状を組み合わせた状態で過ごしていたはずである。目の乾燥と痒み、皮膚の損傷、肛門の損傷、口腔の損傷、鼻からの出血、筋肉の衰弱、神経細胞の死、腐ってボロボロの歯、毛髪と免疫系の消失、執筆が不可能になるほどの脳の損傷、嘔吐、記憶の喪失、語彙の喪失、激しい疲労感。これらは副作用として最も一般的なものだが、ほかにもまだ症状はある。例えば血栓、心不全、化学療法誘発型白血病。そのほか深刻な肺炎や院内感染症のリスクもある。アッカーはかなりの確率でこれらのいくつか、あるいはすべてに耐えつつ、さらにがん自体により引き起こされる絶え間ない症状にさらされていたはずなのだ。

彼女のがんがすぐに肝臓と肺に転移していたこと、医者がタモキシフェン投与という選択を提示しなかったこと（この薬剤は当時も使用可能ではあった）を考えると、アッカーのがんはホルモン受容体陰性だったと判断して、おそらく間違いないだろう。現在私たちがトリプルネガティブと呼ぶもの、もしくは当時はさらに予後が厳しかったホルモン受容体陰性乳がんのＨＥＲ過敏型のどちらかだろう。医者から彼女に提供された生存確率と、彼女自身による病状の描写を考慮して、私はアッカーの病気の統計値を予後データベースである〈ライフマス〉に打ち込んだ。私自身が治療についての決断を下すときに使ったデータベースだ。アッカーのがんは、診断から十八ヶ月で彼女に死をもたらした。こういうタイプのがんは、患者が化学療法を受けようと受けまいとほぼ変わらず、二年以内の死亡率が高い。分析結果によると、このタイプのがんの患者の百人に五人は化学療法を受けていても二年以内に亡くなる。化学療法を受けていなくても、数字はほぼ同じだ。彼女のがんのように進行型の場合、化学療法の一周目で進行がより早まってしまう可能性もあることが、いくつかの研究によって示されている。つまりどんな治療を受けていたとしても、それによって死期が早まった可能性が浮上してくる。当時は決定的な治療がなかった。いまもそれは存在しない。自らの価値観に従って生きるという信念に基づいた判断を下したアッカーは、誰であれこれ以上はできないと言える、ベストな行動を取ったのだ。

おそらく未来の医学史家は、現在の医学史家たちが過去には一般的だった医療的実践——例えば瀉血のような——を見るのと同じ、当惑と興味の入り混じった視点で化学療法を見ることになるのだろう。病気を治す目的で病人を激しい毒性にさらすだけではない。化学療法に効果がなく、効果が出る見込みもなく、結果として死や損傷や障害という結果がもたらされているその瞬間でさえ、乳がん患者は変わらずその治療を受けることを望む。もし有効性が動機ではないのであれば、こうした過剰治療は科学よりむしろ盲信から生じているように思える。そして化学療法に対するこうした非理性的な欲望の声は、がん患者を愛する人たちのみからあがるわけではない。それはアッカーのケースを見てもよくわかる。ときにはがん患者本人から生じることもある。恐怖や慣習、誤情報や社会的プレッシャーから化学療法を受ける患者もいる。特に医学的な効果を期待できず、科学的な根拠がない状況においてさえそうするのだ。まるで世界全体が、処置室での不道徳的な儀式や、髪の喪失や四肢の衰弱、弱々しさを増す女性たちの姿といった感情に訴えかけるドラマに魅了されているかのように。化学療法の文化的呪いはあまりに強力で、ときに「受けない」選択をしたがん患者に対して、がんではない人がそれを病気と向き合うことを放棄する言い訳と見なす場合もある。「たくさんの友人が去った」とアッカーは言った。「私の姿を見ていられなかったのだ[27]」。

手の届く医療によってもたらされる苦しみに満ちた死を選ぶ代わりに、キャシー・アッカーは、病気になった後に残された人生で彼女がしたいと望んだことをした。ただ生きることを選んだのだ。拒絶は孤立にもなる。乳がんのようなジェンダー化された病気にまつわる、医療的正しさへの社会的強制は過酷である。アッカーが書いている通りだ。「何人もの友だちが電話をかけてきて、私が化学療法を受けないことに対して、泣いたり叫んだりした[28]」。この世界のあらゆるものが、女性が実際に死ぬ前に彼女を殺そうとするなかで、キャシー・アッカーはそうならないことを選んだ。抗えない終わりがやってくるまで、死ぬのを待つことにしたのだ。それに加えて、友人たちの言葉を見ると彼女は最後まで死にも抵抗した[29]。乳がんがキャシー・アッカーを殺したのだ。キャシー・アッカーがキャシー・アッカーを殺したのではない。

＊

がんは人を殺す。同じく治療が、治療を受けないことが、人を殺すこともある。その人が何を信じ、何を感じていたかは関係ない。私が正しい考えだけを持ち、常に美徳を体現し、善行を尽くし、あらゆる制度的な命令に従っていたとしても、やはり乳がんで死ぬ可能性はある。あるいは間違ったことばかりを信じ、過ちを犯し続けていたとしても、生き続けることもあり得る。

乳がんで死ぬことは、死者の弱さや道徳的な過ちの証明ではない。乳がんにまつわる道徳的な過失は、死んだ者の側にあるのではない。その人たちを病気にした世界の側にある。体を壊すような治療を受けるために人々を破産させ、治療がうまくいかずに死ねば死んだ本人に非があるように責める、この世界の側に。

三十四歳で亡くなったクープディズルが、死後に公開した動画の隅につけた警告――「どうか私が闘いに負けたとは言わないで」。

同じく乳がんへの化学療法を拒否したオードリ・ロードは、アッカーが病気になる十年前にこう書いている。

私は自分に警告した。ノーと言わないような素振りでさえ、絶対に見せてはならない。大声で、繰り返し、示すのだ。どんなに象徴的に映ったとしても構わない。なぜなら私たちの人生で差し出される選択肢は決して単純ではなく、寓話のようにわかりやすくもないからだ。生き延びるための方法は「この決まりごとを、導かれた通りに正確にこなせば、きっと生き続けられるだろう。やってはいけないことをやるな、疑いを持つな、さもなければ死あるのみ」という形で示されるものではない。医者が何を言ったとしても、とにかくそんなふうにはならないのだ[30]。

4.

こうしていま死んではいない《アンダイング》私にとって、世界は可能性に満ちている。何ひとつ取りこぼさないような本を書くこともできるかもしれない。あるいはアンダイング文学の作品を書くことも可能だ。その作品のなかでは、姿が消えてしまっていたものすべてが、その影の形をして立ち現れる。あるいはそこでは、何かがそのもの自体として示されることはなく、示されるのは結果としての何かだけだ。その本のなかでは許されないものなど何もなく、どんなものの姿も消えてしまったりしていない。物質界も、そこでの半-物質的な関係性もない。私たちは多くの場合、世界のさまざまなものの起源を知らない。そのためそれらがどのように系統だっているかは想像するのみだ。私たちは原因から突き放され、結果もただ推測するだけ。そして推測するなかで、真実から見捨てられ、ただ間違いを繰り返し続けるだけになる。そこで形而上学的なものを容認するが、初めからそれらを特に望んでいるわけではない。

カール・マルクスは「すべての（略）恒常的なものは蒸発」[*11]すると書いている。たしかにそれは真実だが、蒸発して空気になったものはみな——同じ状況下でも少し時間が経つと——空気として吸い込むには汚染されすぎた状態になることもまた真実である。私たちはそれらの空気が雨として降るのを想像する。またそれらが私たちの体のなかにもあり、涙や汗や尿として私たちから外に出ていくのを想像する。呼吸は、抽象的なものを非常に具体的なものにして再供給することで、私たちの形を変える。少なくともごく微妙に。そしてまたどんな形であれ、私たちから出ていく。私は死んではいない者のひとりとして、死なずにいる魂の代わりに、死なずにいる物質を呼び起こそうと試みている。大気中にあるものを新たな根拠として、基盤を作り直したい。

かつては人類が自分たちの魂を理解するために使った思考の技術が、いまや一ドルショップで売られている赤ちゃんシュレックのフィギュアを理解するために浪費されている。いまだかつて人間世界で、ひとつの技術がここまで広く使われたことはなかった。

原注

1 Ray Leszczynski. "'He Had Us All Duped': Mesquite Teacher's Aide Has Criminal Past, Not Cancer." *Dallas Morning News*, Jan. 24, 2017, www.dallasnews. com/news/crime/2017/01/24/us-duped-mesquite-teachers-aide-federal-court-sentencing-date-cancer.

2 Hannah Button. "Friends Question Tualatin Woman's Cancer Diagnosis." KOIN, June 20, 2017, www.koin.com/news/friends-question-tualatin-womans-cancer-diagnosis_20171130084913371/870074736.

3 Crystal Bui. "Woonsocket Woman Accused of Faking Cancer, Spending Donations." WJAR News, June 22, 2017, turnto10.com/news/local/woonsocket-woman-accused-of-faking–cancer-to-raise-money.

4 "Society Can Decide If 15-Year Term Is Enough for Jailed Surgeon, Victim Says." *Herald Scotland,* May 31, 2017, www. Heraldscotland.com/news/15319719.Society_can_decide_if_15_year_term_is_enough_for_jailed_surgeon_victim_says/.

5 "Belle Gibson | The Whole Pantry." *ELLE*, Mar. 13, 2015, www.elle.com.au/news/what-we-know-about-belle-gibson-5919.

6 Robert Allen. "Cancer Doctor Sentenced to 45 Years for 'Horrific' Fraud." *USA Today*, Gannett Satellite Information Network, July 11, 2015, www.usatoday.com/story/news/nation/2015/07/10/cancer–doctor–Sentenced–years–horrific–fraud/29996107/.

7 Martin Fricker. "Breast Surgeon Who ' Played God with Women' Faces More Jail Time." *Coventry Telegraph*, Dec. 27, 2017, www.coventrytelegraph.net/news/local-news/demon-breast-surgeon-who-played-13350152.

8 Alice Park. "Great Science Frauds." *TIME*, Jan. 12, 2012, healthland.time.com/2012/01/13/great-science-frauds/slide/dr-roger-poisson/.

9 "FDA Warning Letter to Sanofi-Aventis Re Taxotere Marketing." *FierceBiotech*, May 14, 2009, www.fiercebiotech.com/biotech/fda-warning-letter-to-sanofi-aventis-re-taxotere-marketing.

10 Katie Thomas. "Celgene to Pay $280 Million to Settle Fraud Suit over Cancer Drugs." *The New York Times*, July 26, 2017, www.nytimes.com/2017/07/25health/celgene-to-pay-280-million-to-settle-fraud-suit-over-cancer-drugs.html.

11 "Consumer Updates – Products Claiming To." *U.S. Food and Drug Administration Home Page*, Center for Biologics Evaluation and Research, www.fda.gov/forconsumers/consumerupdates/ucm048383.htm.

12 "Gainsborough Woman Whose Elaborate Cancer Hoax Conned Employer out of £14,000 Is Ordered to Pay Back £1." *Gainsborough Standard* (U.K.), June 19, 2017, www. gainsboroughstandard.co.uk/news/

gainsborough-woman-whose-elaborate-cancer-hoax-conned-employer-out-of-14-000-is-ordered-to-pay-back-1-1-8604627.

13 Caitlin C. “In Memoriam: Charlotte Haley, Creator of the First (Peach) Breast Cancer Ribbon.” *Breast Cancer Action*, June 24, 2014, www.bcaction.org/2014/06/24/in-memoriam-chralotte-haley-creator-of-the-first-peach-breast-cancer-ribbon/.

14 “History of the Pink Ribbon.” *Think before You Pink*, thinkbefore-youpink.org/resources/history-of-the-pink-ribbon/.

15 Susan G. Komen for the Cure. “The Pink Ribbon Story.” https://ww5.komen.org/uploadedfiles/content_binaries/the_pink_ribbon_story.pdf.

16 “Komen to Reformulate Perfume after Unfavorable Allegations.” www.nbcdfw. com/ news/local/Komen-to-Reformulate-Perfume-After-Unfavorable-Allegations-131338323.html.

17 Caitlin C. “Susan G. Komen Partners with Global Franking Corporation to Launch ‘Benzene and Formaldehyde for the Cure®.’ ” *Breast Cancer Action*, Dec. 2, 2014, www.bcaction.org/2014/10/08/susan-g-komen-partners-with-global-fracking-corporation-to-launch-benzene-and-formaldehyde-for-the-cure/.

18 Erik Eckholm. “$89 Million Awarded Family Who Sued H.M.O.” *The New York Times*, Dec. 30, 1993, www.nytimes.com/1993/12/30/us/89-million-awarded-family-who-sued-hmo.html.

19 Richard A. Rettig. *False Hope: Bone Marrow Transplantation for Breast Cancer.* Oxford, U.K. : Oxford University Press, 2007.

20 Denise Grady. “Breast Cancer Researcher Admits Falsifying Data.” *The New York Times*, Feb. 5, 2000, www.nytimes.com/2000/02/05/us/breast-cancer-researcger-admits-falsyfying-data.html.

21 “Majority of Women Diagnosed with Breast Cancer after Screening Mammograms Get Unnecessary Treatment, Study Finds.” *Los Angels Times*, Oct. 12. 2016, www.latimes.com/science/sciencenow/la-sci-sn-breast-cancer-screening-mammograms-20161012-snap-story.html.

22 Christie Aschwanden et al. "What If Everything Your Doctors Told You About Breast Cancer Was Wrong?" *Mother Jones*, June 24, 2017, www. motherjones.com/politics/2015/10/faulty-research-behind-mammograms-breast-cancer/.

23 Acker, "The Gift of Disease."

24 Sarah Schulman. *Gentrification of the Mind: Witness to a Lost Imagination*. Berkeley: University of California Press, 2013.

25 "The Last Days of Kathy Acker." *Hazlitt*, July 30, 2015, hazlitt.net/feature/last-days-kathy-acker.

26 Lauren Elkin. "After Kathy Acker by Chris Kraus –Radical Empathy." *Financial Times*, Aug. 11, 2017, www. ft.com/content/b4ce8f48-7dc5-11e7-ab01-a13271d1ee9c.

27 Acker, "The Gift of Disease."

28 Ibid.

29 Chris Kraus. *After Kathy Acker: A Biography*. London: Penguin Books, 2018.

30 Audre Lorde and Rudolph P. Byrd. *I Am Your Sister: Collected and Unpublished Writings of Audre Lorde*. Singapore: Oxford University Press, 2011.

訳注

＊1 『フロイト全集4』新宮一成訳、岩波書店、二〇〇七年。三頁。なお、この『夢解釈』のエピグラフ自体もウェルギリウス作『アエネーイス』七巻三一二行「天上諸神のみ心を、思いのままに出来ぬなら、あのアケロンを動かそう」（泉井久之助訳、岩波文庫、一九七六年）の引用。「アケロン」は冥界を流れる川であり、転じて冥界そのものを指すとされる。

＊2 （Multidistrict Litigation＝略称MDL）米国法における特別な連邦法の手続き。広域かつ多数にわたって損害を与える大規模な不法行為により同じ請求の原因から発生する訴えが連邦裁判所に提起された際、矛盾した判決の回避や処理の効率化を図る目的で、広域係属訴訟により複数の訴えが併合される。

＊3 毎年十月を乳がん啓発月間とする活動。チャリティーキャンペーンなどが集中的に行われる。
＊4 さまざまなマイノリティが社会から受けいれられるように模範的な振る舞いをすること。
＊5 女性ホルモンを栄養として増殖する乳がん。治療には、主にホルモン療法が行われ、ほかのタイプの乳がんに比べると予後が良好といわれている。乳がん患者全体の七〇〜八〇％がホルモン受容体陽性乳がん。
＊6 抗エストロゲン薬。エストロゲンがエストロゲン受容体に結合するのを妨げることで、乳がんの増殖を抑える。
＊7 トリプルネガティブ乳がんは、黒人に最も多く見られる悪性度の高い乳がんである。しかし、治療法の臨床試験において、少数民族、特に黒人アメリカ人の参加が少なく、新しい治療法を早い段階で公平に受けられない。また、祖先の系統が異なる集団間の薬物代謝、毒性、有効性の潜在的な違いを研究する機会が制限されている。
＊8 フラッキング（水圧破砕法）は米国内で主流の石油・天然ガスの採掘法だが、その工程で使用される化学薬品の自然環境や人体への悪影響が問題となっている。
＊9 （Ductal Carcinoma in situ）非浸潤性乳管がん。浸潤がんの前駆病変と位置づけられ、将来、がんに発展する可能性があることから、ＤＣＩＳの標準治療には切除手術が一様に行われる。ところが近年、ＤＣＩＳは多様な性質を持つがん細胞の集団であるとの報告もあり、浸潤がんには進展しない症例が含まれることが予測される。
＊10 原書では「二〇パーセントしか抑えられない」としていたが、著者が引いたキャシー・アッカーの原文“The Gift of Disease.”によれば、医師との会話のなかで医師が「統計によると、化学療法を受ければ非再発率は六〇パーセントから七〇パーセントになる」と発言しており、邦訳版ではアッカーの原書に寄った。https://editions-ismael.com/wp-content/uploads/2018/02/1997-Kathy-Acker-The-Gift-of-Disease.pdf（二頁目）
＊11 カール・マルクス、フリードリヒ・エンゲルス『共産党宣言・共産主義の諸原理』水田洋訳、講談社学術文庫、二〇〇八年 一五頁

ジュリエッタ・マシーナの涙の神殿にて

この書の執筆に没頭しているときに、わたしはたくさんの清らかな涙を流して泣き、また、胸のあたりにしばしばとても熱く快い炎を感じた。

『マージェリー・ケンプの書』*1
一五〇一年

1.

病気になる前、私は公共の空間で泣く《パブリック・ウィーピング》ための場所を作る計画を練っていた。必要とあれば誰でもそこに集まり、良い仲間と適切な設備に囲まれて泣くことのできる、宗教的なモニュメントに近いもの。それを各主要都市に導入したいと思っていた。それは出エジプト記における神の幕屋のようなものになっただろう。悲しみを共有する場として、綿密に思い描かれた建造物。寝汗で作られたガーゴイル、果てなく続くかに思える時間で作られたモールディング、「もうこれ以上は無理、でもやめる訳にはいかない」からできた小梁。*2 私はそれを「ジュリエッタ・マシーナの涙の宮殿」と呼ぼう。フェリーニの映画で、カビリア［『カビリアの夜』一九五七年、フェデリコ・フェリーニ監督］というもう若くはないセックスワーカーを演じた女優の名にちなんで。カビリアは心から愛するジョルジョに裏切られ、崖から突き落とされかけて、金を盗まれてしまう。*3 その直後、彼女は明るく騒ぎつつ道を行く若者たちの一群に押し流されながら涙を流す。神殿の壁には、まるで微笑むような表情で泣くマシーナ演じるカビリアの姿を映そう。そこにサウンドトラックとして繰り返し流れ続けるのは、ジュディ・ガーランドの震える歌声。あまりの悲壮感に『オズの魔法使』の映画本編からはカットされたバージョンの「虹の彼方に」だ。この宮殿を構想しているとき、人が泣くのを「メソメソしてみっともない」と揶揄して嫌う人たちが存在することを思い出した。大勢の泣きたい他人同士が集い、思い思いの理由で泣くことのできる公共の場に対して、彼らは逆上して向かって来かねない。そうした危機が起こる可能性を取り除くことも、この場所の構造的な課題のひとつだ。個別的な悲しみと一般的な悲しみの両方を、身体的に表現できる場所をどうやって作るか。苦痛を心地よくさらけ出して共有することができ、同時にアンチ悲嘆派の反動勢力からの保護を保証する場所。すでに苦しんでいる人に平然と追い討ちをかけ、彼らを閉ざされた地獄の部屋へと追い込むような者たちの目を欺き、その一方で痛みに苦しむ人々に極上の癒しをもたらす格調高い公共物として、彼らの涙を集めるための大理石の桶を提供することができたなら、そこは途方もなく素晴らしい場所になっていたはずだ。けれどこの計画は実現しなかった。しばらく経って私は病気になり、化学療法に使われた薬の副作用でエンドレスに泣き続けた。どこにいようと、何を感じていようとお構いなしに目から勝手に涙がこぼれ落ちる。私はこれを「デカルト泣きの季節」と呼んだ。私は大丈夫、と自分を説得しようとする私の精神の試みを、私の肉体の悲しみが無効化してしまう数ヶ月だった。[*4] 悲しくても悲しくなくても常に泣いている私自身こそ、気まずい移動式公共物、涙のモニュメントと化していた。泣くための神殿になった私は、もうそれを建てる必要がなくなった。私はただいつでも、誰かが孤独に苦しんでいることには耐えられなかっただけなのだ。

苦痛が美の対極であるかのように、私は美術館の装飾美術の棟を歩き回り、メモを取る。がんのパビリオンの点滴スタンドを芸術品のようなシャンデリアに変えるには。化学療法の薬剤を運ぶ袋を万華鏡のようなギリシャの壺に似せるには。化学療法を受ける患者の無感情に流れ続ける涙を、飾り立てた涙管と毒々しい灌流[*5]システムに役立てるには。

これは覚え書きとさまざまな試みの断片から構成された痛みの書だ。刹那的な感覚を記した、刹那主義者による半-文学的なモニュメント。副題の候補をリストにしてストックしてきた。例えば「環境詩学としての切断された体」「カント的批評としての耐えがたい痛み」「痛みは形を変える」「エロスの不在」「痛みの逆説的民主主義」「形式的感情の総和」「すべてのピエタ〔キリストの死体を膝に抱き悲しみに暮れる聖母マリアの彫刻または絵画〕は乳房切除の傷痕」「生物学的に否認された社会的存続」「病因論的表象学」「腫瘍学シュールレアリスム」「縫合という名の抒情詩論」「春についての細胞単位の感傷的誤謬[*6]」など。

『ズーノミア あるいは有機生命の法則』（一七九四：エラズマス・ダーウィンによる著作）より
「慈悲とは、不幸を目にしたときに私たちが経験する痛みである」

私の日記より
「弱まることのない苦悩」

ツイッターより
「荒廃していくことについてのエッセイなんて想像できる？」

アルフォンス・ドーデ著『痛みの地にて』（一九三〇年）より
「痛みよ、お前は私のすべてにならねばいけない。お前のせいで訪ねることのできない異国の地を、お前のなかに見出したい。私の哲学になれ、私の科学になれ」

私はどんな哲学も交えず、痛みについて書きたかった。痛みにまつわる学びと、その学びの政治的な使い方を描写したかった。しかし文学となると、多くの場合、痛みは文学性を許容しない。そして使用可能な政治的手段としての痛みは、それを終わらせてほしいと懇願するために、私たちを動かすだけのものでしかない。

○か×か：

1．哲学では、痛みとは鳥から引き抜かれた羽である
2．文学では、痛みとは本文と分けられた索引である
3．映画では、痛みは木であるが、それを切り倒す斧にはならない

痛みについての考察は総じて現象学の領域に属するという説があるが、現象学はたいていの場合は銀のように控えめな、身近な痛みを扱うにとどまり、それが全宇宙であると宣言する。そこでは「私の身体」が「ただひとつの身体」に変換される。感情的な痛みが肉体的な痛みを圧倒する。実際はそれとは逆に、私たちの体の痛みや痛みがないことこそが、私たちの過ごす毎日、毎時間、毎分を決定づけているというのに。私たちは働けるのか、どんな仕事ができるのか、私たちはどんなふうに呼吸し、眠り、愛することができるのか。そうしたすべてが、それにかかっているのに。だからそこでは、すでにかなり抽象的に見えるものがさらなる抽象性のなかへと漂っていく。まるで塵の粒子が、塵からできた言葉のなかに取り込まれていくように。

＊

歴史の流れのなかの現時点において、激しい痛みを抱える無名の人間であるということ。それはつまり、大多数の人が見ることだけを求める時代に、体の内側に何かを感じる人間であるということだ。

体の内側の解明しがたい謎を照らし出すレントゲン装置のように、説明的な役割を果たす痛みがある。比喩になる痛みがあり、古典のように読まれる痛みがある。そして、ガラクタのような痛みもある。本当の病気とは思えないような、気まぐれな痛み。見えるような痛みというより、質感に近い。そして叙事詩のように壮大な、治療の痛みというものがある。

もしこれが哲学書なら、痛みの視覚化が私たちの痛みの理解を妨げていると私は論じただろう。見ることができる形になった痛みだけでは、私たちが痛みとして知覚しうるものを説明するのに十分ではない。歴史上、いまこの時代に痛みを理解する上で問題となるのは、視覚による一般化作用とそれが市場に浸透しているこの状況だろう。けれど私は、第一に哲学者ではない。そして第二に、本当はよくわからない。

私の痛みがむき出しの文法はこうだった――

どうやってこんなことにたえるのか つらいじかんはやっと終わたた
でもそんなはずがない はげますような光がかおにあたる アドバイルにしたがってもっ
とビンタミンDとっとって 日の光にたっぷりあたったふりをしよう きのうのよるは私
がいつもどおりのいたみをかんじながらねむっているあいだにせかいが火につつまれて
いた

＊

○か×か：

1. 痛みが人から生きる能力を奪うとき、その人の語彙力も奪われる
2. 痛みとは形容詞の醜悪な寄せ集めである
3. 痛みを表現する言葉はすべて、まだ私たちの理解が及ばない言語に含まれている

痛みは「言語を無効化する」という一般的な認識があるようだ[1]。けれど痛みは言葉を完全に使えないものにしてしまうわけではない。ただ変えてしまうだけだ。困難は不可能と同じではない。英語には痛むことにまつわる語彙が全般的に不足しているが、これから先もそうとは限らない。私たちのさまざまな語彙を作り出してきた詩人と市場が、苦悩にまつわる語に関して

は、これまで必要な仕事をしてこなかったというだけのことだ。

少しのあいだ、痛みが言語化不可能であるという主張は、ある時代特有のイデオロギーだと仮定してみてほしい。痛みは言語化できないという言説が一般的に広まっているのは、私たちが本当に感じていることを言葉にして共有すべきではないとされているからだ、と。

痛みの言語化不可能性についての断言の一例が、ハンナ・アレントの『人間の条件』に見出せる。痛みとは、あらゆる体験のなかで「最も私的で、最も伝達しにくい」ものだとアレントは説明する。続けて、それは「『人びとの間にある』ものとしての生と死との境界線上の経験である」と書き、痛みはあまりにも主観的なために、どんな外形《アピアランス》も持たないと主張する。*7 痛みには伝達性がないとするこの哲学的な自明の理と、痛みに苦しむ生き物を目撃したあなた自身の経験を比較してみてほしい。他者の唸り声、泣き声、叫び声、金切り声、うめき声からは彼らの感じる苦痛がはっきりと伝わる。「それ、痛い！」とか「痛くて苦しい」とか「ヒリヒリする」とか「シクシク痛む」といった言葉や、「うう！」とか「ぎゃっ！」とか「くそ！」などのさまざまな感嘆の声もまた、痛みの伝達方法として一般的であることは否定できない。痛がっている猫や犬も、それを人と同じように伝えることができる。痛みの表情を浮かべた顔――人間以外の生き物の顔であっても――は、満ち足りた顔とは間違えようがない。たじろぎ、苦悶、あふれ出る涙、歯ぎしりなどにもかなりの伝達力があるため、例えば「苦痛に歪んだ顔」という常套句が成立する。

他者による痛みの表現があまりに騒がしく生々しいとき、それを止めたいという欲動に駆られた人は、その痛みを終わらせるためなら大抵どんなことでもしようという気になる。というのもその痛みが、耐えがたいほどの共感的不快感という経験をもたらすからにほかならない。それはいら立ちとして現れたり、不安や自己憐憫という形をとったりする。自分の近くにいる生き物がいま、目の前で感じている痛みを終わらせたいという欲動は非常に強く、ときに痛みの目撃者は苦しんでいる相手にさらなる痛みを与えずにはいられないような気持ちにさせられる。例えば大人が子どもを静かにさせようとして「そんなに泣くと怒るよ」と脅かすように。痛みは非常に伝わりやすい。そのため実は暴力を引き起こす原因の大半は、痛みの過剰表現への反応にあるとすら言える。サディストは、相手の痛みが明白であるほど喜びを得る。もし痛みが沈黙し、隠されているものであったなら、痛みを与える側には動機がなかっただろう。痛みとはまさに、過剰な表出を作り出す状態である。痛みとは蛍光色の感情なのだ。

ほぼどんな痛みにも一貫して、種の垣根を超えた普遍的な伝達性があるという事実の前では、痛みの伝達不可能性は虚偽に過ぎない。そこでようやく、痛みに声や姿形があるか否かが問題なのではなく、それがないと主張する人たちの方が問題になってくる。痛みが何を訴えようとしていて、その訴えを行っているのが誰の体なのかということに、彼らは関心を持っているのだろうか。ジャン・ジャック・ルソーは、動物が「仲間とより強く一体化するほど、惻隠《そくいん》の情は強くなる」という性質は人間にも共通していると信じており、痛みを感じている者に反応しないのは、哲学者に固有の特徴としている。『人間不平等起源論』[*8]においてルソーは書く。「哲学こそが、人間を孤立させるのである。哲学の力によって人は、苦しむ人を眺めても、勝手に死ぬがよい、わたしは安全な場所にいるのだからと、ひそかに呟くことができる。社会そのものが危機に瀕しなければ、哲学する者の静かな眠りを妨げるものはないし、彼をそのベッドからひきずりだすものは何もないのである」。

インターネット上では、痛みとは掲示板に書きこまれる解釈学と時間についての連続投稿である。

＊

ジュリアン・テッペは一九三五年の『異常性への弁明』別名「ドロリスト宣言」によって、苦痛を好ましいものと捉えるドロリスト運動を創始した。テッペは健康であることに価値を見出す主流の傾向に反論し、学びとしての苦痛を説く。痛みは人を物質主義から解放し、透明性を得る機会を提供する、と。「激しい痛み、特に身体から生じる痛みは、純粋な理想主義を展開するための完璧な刺激であると私は考える」[2]とテッペは書いた。

苦痛を英雄的なものと見なす以外の方向性が、許されない場合もある。それでも痛みによる学びは、単に痛みを価値づけする以上のものであるべきだ。

＊

体の観光旅行、つまり体細胞の交換が可能になるようなサポートシステムを私は想像した。それによって、痛みを感じている人の感覚中枢に別の人が一時的に居住することができる。感じうる痛みを十段階で表示すると、次のようになる。

1. 手足の爪が皮膚から浮きあがるときの、繊細でヒリヒリする気がかりな痛み
2. 人工的に刺激を与えた血液細胞で満たされて骨が拡張するときの、密で不快感の強い痛み
3. 炎症を起こした体がマットレスに接触するときの、柔らかく鬱血したような痛み

4. 病気による感覚過敏の体に洋服をまとうときの、重苦しく消耗される痛み
5. 腕、胸、太腿、手の甲、手首の内側に針が刺さるとき、そして静脈注射が刺さるときの、ひっくり返るような唐突な痛み
6. 痛みを引き起こす薬が体内に分散していくときの、焼けつくように広がる痛み
7. 皮下に埋め込まれた機器が筋肉や皮膚に当たるときの、エイリアンのやることリストにありそうな痛み
8. または、死―神経―終焉の電子版黙示録をザッピングする痛み
9. または、むき出しでヒリヒリする口内炎の痛み、原因がわからないまま毒素で腫れた靭帯、歯、腱、関節、そして筋肉のヒリヒリする痛み、薬物に誘発された細胞が自滅する腐食性の痛み、死にゆく毛包のジワジワ広がる痛痒いような痛み、などなど
10. すべてのジャンルで起こるパニック状態の機能不全、病気の伝染という新たな危機

痛みを抱える私の体にあなたを招待するのは、次元のシフトを促すセミナーに招待するようなことだったかもしれない。というのも、痛みを感じるとき、空間性は時間性に変わるから。「痛みとは、それが終わることへの切望としてのみ存在する場所にいるという経験である」と言われるように。

*

この世界を、五感とそれによって引き起こされる感情や思考を鍛錬するためのシステムと見なす視点にとらわれるのは簡単なことだった。世界は沸騰したポットで、嘘という蓋でしか押さえておけないという考え方だ。そして、それに対する答えが、違う考え方、別の認識の方法、新しい感じ方を学ぶことであってほしいと望むことでもある。それによって蓋は吹き飛び、真実の水がイデオロギーという容れ物から溢れ出すだろう。そして「ほら、こうだ」と、自分たちを自由に批評できるようになるのだろう。

けれど私は土を信じている。エーテルに手を差し入れたことはない。怒りに血は沸きたち、星は沈まない。**そして：周縁の唯物論、涙を流すフェミニズム、感覚のネガティブな教育としての暴力、群れること、地球上の物質と素材と環境と物体の配列、何が私たちのもので、どうやってそれを手にするか、変質－浸潤、反啓蒙主義的な啓蒙主義者、歴史の裏側、誤読、存在しているのにそうでないかのように思われているもの、ホウキの柄の上の黒いドレス、侵されやすさ、最大限の認識論的な可能性を許すものとしての文学……**

私たちが自分たちを自由だと考えられなくても、それは学ばない理由にはならない。

私はクリニックの寓話を作りたかった。そしてそれが刻まれたモニュメントを建てたかった。ある特定の身体を持つことによって得られる教訓は、政府機関の敷地内の芝生に設置されるに値するのだと示すために。

＊

一番目の針は、刺されれば痛いと誰もが知っているのに、刺す側の誰もが「痛くない」と言う針だ。二番目の針は、誰もが痛いはずがないだろうと思っているのに、それでもある種の経験をした人たちには痛みを感じさせる針である。

一番目の針

化学療法を受ける人たちは、CVポートの上から塗る麻酔クリームを処方されることが多い。この麻酔クリームには、患者の胸部への太い針の挿入を耐えられるものにする目的がある。おそらく麻酔クリームによって挿入の痛みは確実に軽減されるはずだが、針を刺すときはやはり痛い。「痛いです」と看護師に伝えるが、クリームに信頼を置く彼らから返ってくる答えはいつも「痛くないですよ」だ。「痛いに決まってるでしょ」と私。「胸に太い針を刺されてるんだから」私の体が目に見える痛みの反応を示しているにもかかわらず、この針は無痛（またはただ「ぐっと押される感じ」）だと告げられるたびに、私はそう答えて看護師たちに痛みを意識させる。

私が治療を始めた化学療法処置室は、個室ではなかった。そこにいるすべての病人とすべての付き添い人たちが、それぞれにお互いの姿をしっかりと見ることができた。辛そうな病人はますます辛そうになっていくが、がん治療中の倒錯したロジックでは、それは良くなっているということだ。「あなたの言う通り」と同じく患者の女性が、こちらを見て言った。「当然だ、痛いよ」と、成人した子どもたちに囲まれた男性も言った。やがて処置室にいた全員が加わり、痛そうに見えるものは実際に痛いんだ、と声を合わせて訴えた。私たちに痛い思いをさせている側が、私たちが本当に痛い思いをしているのに――私たち全員が痛みを感じているのに――これは痛くないはずだ、などと二度と言い出さないように。

二番目の針

私は科学を信じようとしたが、それでもなお痛みを感じた。目を閉じ、看護師にいつ針を刺すかを教えないように頼む。けれど胸を覆う皮膚に針が刺されるたびに体がビクッとし、私は悲鳴をあげた。皮膚組織拡張器《ティッシュ・エキスパンダー》を使う乳房再建は、強い痛みを伴うものとして広く認識されている。その処置の過程で、局所麻酔中毒になる可能性を了承する同意書へのサインまで求められるのだ。ただし、この乳房再建に伴う痛みとして一般的なのは、長く続く単調な痛みだ。病院にいるときよりも、筋肉と皮膚を伸ばすための拡張処置をした翌日や二日後、病院にいるときの何倍も痛みが強くなる。ところが私が感じていたのは、針が刺さる瞬間の顕著な痛みだった。両乳房切除の後、大きく切り開かれた私の胸筋の下に硬いプラスチックの拡張器が手術で埋め込まれた。その皮下金属ポートに針が入っていく痛みは瞬間的なもので、かつ実際には生じるはずのない痛みだ。乳房切除手術の過程で、私の胸部の神経は切断されていて、皮膚に近い部分の神経は死んでいるはずだった。これまでの統計では九十九パーセントの確率で神経は死んでいます、と医者たちは私に告げていた。けれど診療室にいた医者たちも、ほかの職員たちも私の痛みを信じた。私の目を閉じさせて、それでも針が刺さる瞬間を私がわかるかどうかを一本ごとに試し、それを自分たちの目で確かめたのだから。起こるはずのない、非科学的な痛みをそれまで見たことがある者はいなかったので、誰もそれを説明できなかった。医学部の学生たちが、私の皮膚組織拡張器が満たされるのを見学にやって来た。あり得ない痛み（私のあり得ない痛み）が本当に生じるのを見学し、私の痛みを自分たちの目で確かめていった。毎週、処置のたびに私が胸に感じた痛みは、賢い亡霊だったのだと私は思う。それは完全な記憶を持った幻の感覚で、実際には感じていない苦痛に対して、時間的にも空間的にも完璧な正確さで反応することができたのだ。

＊

切断・切除されたあらゆる部分は、亡霊的な形でそれから後もずっと生き続ける可能性がある。二度と戻らないものの幻を生じさせる可能性のある感情、それが「不在の寂しさ《アイ・ミス》」だ。

私の体の失われた部分は目に見える世界に共感する、目に見えない部位になった。暴力行為や暴力行為の表象、誰かのうろたえ、傷ついた他者の表情によって、もはや存在しない私の体の部位に鏡を見るような感覚が引き起こされた。もうなくなってしまった部分で、私はほかのあらゆる人の感じるものを感じていた。コメディで尻もちをつくシーンを見てもそれが起きた。映画の銃撃戦、納得いかないことがあるらしい学生、ツイッターで不満をつぶやく人、疲れきった労働者、足のつま先をぶつけた誰か、イスラム国《ISIS》のニュース、ドローンのニュース、警察についてのニュースを見ても。[3]

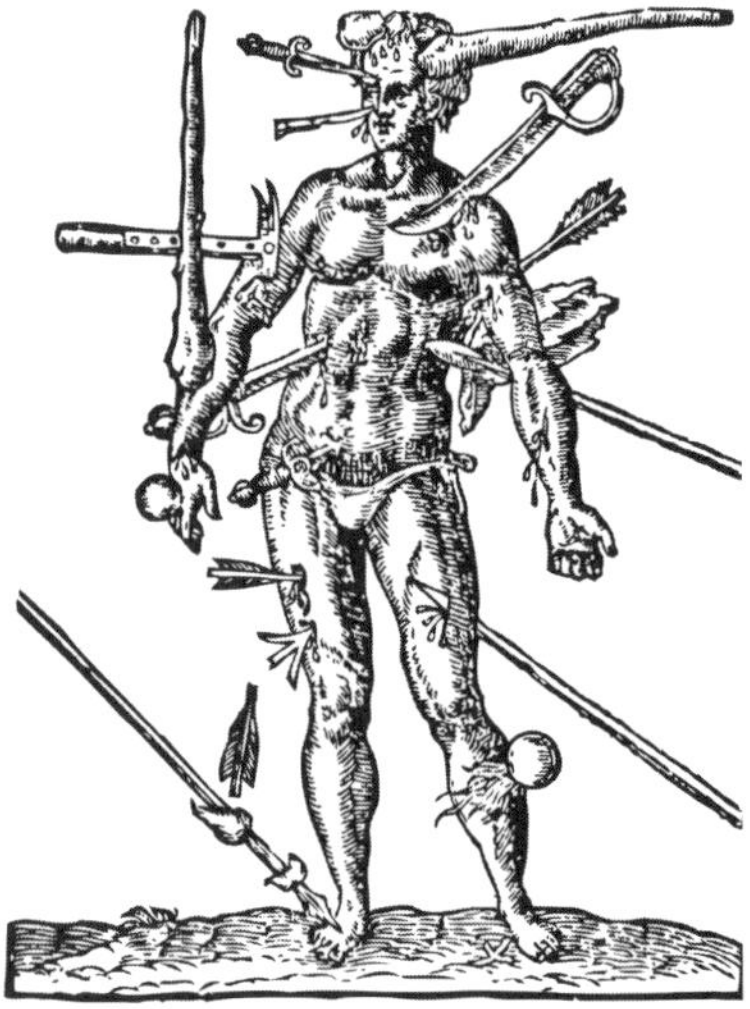

*

当時の私にとって、思考する人間であるということはつまり、私の右腕が痛む理由はわからなくても、私の胸が痛む理由はわかる、というようなことを意味していた。具合が悪いころ、痛みには理由があった。つまり痛みは、私の体が合理性を発揮していることを示していた。私の体は切り刻まれ、毒され、摘出され、切除され、何かを埋め込まれ、何かを突き刺され、弱められ、そして何かにひどく感染した。そのすべてが同時に起きていたことも何度もある。けれど私の痛みには合理性があるという理由によって、私の痛みに満ちた人生は、拷問による痛みに満ちた人生とは区別されるべきだということもわかっていた。けれど拷問にもまた理由がある。「ボディ・ポリティック」［政治的統一体］という隠喩が存在すること、そしてその隠喩が指すものが、自らの回復のために拷問者に情報を引き出されるという有害性を持っていることからも分かるように。拷問する側は、拷問それ自体は合理的だと主張して、治安や自由や神や正義、そのほかの疑わしいレトリックを拷問で引き出す。けれど拷問者が痛みを与えることにいかなる意味があるとしても、最大限に痛めつけられている被拷問者の感情が和らぐとは考えられない。がん患者は、彼女の体になされていることの理由を理解している。だからと言って、体の一部を切りつけられ、毒され、摘出され、切除され、何かを埋め込まれ、何かを突き刺され、弱められ、感染させられること、ときにそのすべてを同時になされることに対する気持ちが落ち着くはずがない。そして、拷問が時間を過度に歪ませることによって痛みを道具として利用する——拷問の有効性のひとつは、それが永遠に終わらないかもしれないという見せかけにある——一方で、がん治療は「死へと向かう」とされる時間の流れに特別に歪みをかけることで、痛みの道具としての意味合いを無効化する場合が非常に多い。がんの治療は当然、私のケースのように、うまく終わることもある。ときに終わりがないようだが、そう感じられるだけである。ただ、しぶとく長期化する傾向はある。というのも、たくさんの人々にとってそれは永遠に続きうるものだから。つまり少なくとも、死が訪れるまでは。

*

痛みの程度を数字で表すよう求められるたびに、私と友人たちは新しい痛みのボキャブラリーをまとめたパンフレットを、こっそり待合室に持ち込むことを計画した。痛みを表す新用語のガイド集は、そのほとんどがエミリー・ディキンソン〔一八三〇―一八八六 米国の詩人〕の詩から構成される。あなたが感じている痛みは、1から10の段階でいうとどこに当たる？

341	激しい苦痛のあと、形式化した感情が生まれる	x
477	絶望を完全に理解できる者はいない	x
584	それは私に痛みを与えなくなった	x
599	痛みがある あまりにはっきりと	x

650　痛みには空白の要素がある　x
761　空白から空白へと　x
1049　痛みの知り合いはたったひとりそしてそれは死*[9]

*

夢のなかで、私は体の内側に死体の一部を抱えた人たち向けのセラピストの待合室にいた。セラピーを受けるのは、体のなかに死体を持つ人間ではなく、なかにいる死体の方だ。私のなかの死体は、たくさんのことを経験してきた。彼女の胸はラジエーターとして使われたことがあり、彼女の一部はトラックの荷台で旅をした。いくつかのいかがわしい場所にいた経験があり、おもちゃのように弄ばれたこともある。私のなかの彼女はほんの数平方インチの大きさだったが、体の内側の痛みや腫れで、自分が拒絶しているものの存在がわかった。ライフセル社（企業理念は「合併症なき手術を」）は乳房インプラントのスリング部分に使われる殺菌済みの死体皮膚[4]を「アロダーム」として商標登録している。けれどそんな衛生学上の唯名論など何の役にも立たなかった。私に移植された死んだ人の一部が、二〇一五年の四月に私が見た夢を占拠し、死体の恐怖は巨大化して何度も繰り返し訪れた。

ときに私は自分を「病人」と呼び、病気ではないすべての人たちを「未来の病人たち」と呼ぶ。そしてときに世界を、いま病気の人たちと、自分を健康だと思っている人たちの配列として考える。けれど、ひとりひとりの人間をそのどちらかのカテゴリーに振り分けるのは容易ではない。間違いなく私も、自分のがんを知る前からすでに病気の人だった。そして病気を空間、痛みを時間と考えるなら、そのどちらもアイデンティティにはなり得ない。

*

化学療法は死と死が拮抗するモダニズム。手術は啓蒙主義。乳房再建は時代区分のどこにも入らない段階——不在と医療の対立。作物を育てるのではなく、最近塩を撒いた土地に作物が生えてくる。治療に続く能力の低下や衰えは、歴史には残らない何かだ。戦場がセブンイレブンになり、その壁にグラフィティで「勝利なき痛み」と描かれているような光景[5]。

＊

哲学者のエマニュエル・レヴィナスは、苦しみについて言える最低限のことはそれが「何のためにもならない」ことだと書いている。「何のためにもならない」とは、人々が詩について言うことでもある。

もし苦しみが詩のようなものであるとしたら、私のそれはセンセーショナルで、公平で、ゴスっぽい過剰さと退廃があってほしい。

痛みを描写するよう求められると、私が教えている学生たちのほとんどが、まとまらない走り書きや、アスピリンの広告で見るような痛みの発生と広がりを図式化したもの、そして感嘆符などを使って表現しようとする。

感嘆符はたしかに便利だが、痛みは激しさだけで表せるものではない。その持続性、規模、場所、関係性、変化、分裂、歴史、温度、触覚、記憶、パターン、圧力、共感、形式、目的、解説、原因、経済、忘却、範囲、区分、作用などを描くこともできる。

＊

忘却は痛みにとっての副大統領であり、哲学の母である。哲学によって忘れられがちなこと、それは私たちの誰も、ただひとりの人格として大半の時間を生きているわけではないということだ。そうした非単一性は痛みを伴う。あらゆる単一性が痛みを伴うのとまったく同じように。

私たちはお互いの穴を出たり入ったり、新しい穴を開けたりする。お互いを切り開き、DNAのいらない部分をほったらかしている。自分の恋人や母親や子どものなかにうち捨てられた、進化を描いた古い写本の切れ端をそのままにしている。それに私たちの多くが、ほかの誰かがそのなかで生きたり死んだりしたことのある体を持っている。私たちが入っては出ていくこと、入られては去って行かれること、知覚を持つ他者の手のなかに生まれ、やはり知覚を持つもっとたくさんの他者たちが私たちの周囲に作り上げた環境のなかに生まれる。それは私たちに痛みを与えうる。世界の自分以外の人たちのなかに生まれること、そのすべての人たちも痛みを感じうること。その事実が私たちにさらなる痛みを与える。

自分たちがひとつの存在ではないことの喚起は、少なくとも文学の目的に相反するもののひとつである。だからこそ私は、痛みにまつわる穴だらけの民主主義、ひどく恐ろしく感じたものを共有する回想を、書き留めておこうとしているのだ。

＊

痛みを学ぶ前の私にとって、痛みとは局所的なものだった。単純な人生の単純な痛みでしかなかった。ある部分にのみ生じる慎ましい痛み、深刻ではないありふれた痛みは、それを感じた人に、そこに臓器や背骨や固有性などが存在することを確かめさせる。

私にとって新しい苦しさは、同時にすべての細胞の存在を感じてしまうこと、そのなかのすべてのミトコンドリアの存在まで感じられてしまうことだ。さらに、これまで意識しなかった場所にいままでの百万倍ものめちゃくちゃな感覚が生じることでもある。そしてその感覚が重なって、例えば「腕」のようなもので呼ばれる何かは嘘に過ぎないという知識が形成されていく。「腕」のようなものに、街や戦争や雪崩と同程度の現実性があることを曖昧にするための嘘。「脇の下」と呼ばれる何かは、崩れ去るあらゆるものの犯罪隠蔽であり、干上がっていくサンゴ礁だ。「身体」と呼ばれる何かは肉体が終わる場所では終わらない。そのことによってヨーロッパと啓蒙主義とが誤りであることを証明する。「隠喩」と呼ばれる何かは、鋭く感じられ、すべて一気に認識されうる激しい苦痛の種類と数の多さを描写するには、あまりにささやかなテクニックだった。

私はこれを図式化できるように地図を描くことを学びたかった。多様な形の痛みを感じている体の内部のひどく荒れた地形と、街、戦争、農業の技術革新、そしてそこで起きている位相学的な爆発を示した、比類なき地図帳を出版したかった。

けれど痛みを自分が所有する土地のように示すのは正しくない。痛みを形而上学的に示すのと同じくらい間違っている。痛みのなかには、常に探究すべきものがあるが、征服すべきものなど何もない。痛みを感じる神経のなかに帝国はない。

私の痛みによる学びは、ある人々が魔法と勘違いする感覚のラディカルな物質化であり、もうそこにはないものの領域で人々の苦しみを感じることだった。私たちが常にひとりで痛みを感じるというのは嘘だと私は思う。言葉は痛みを裏切る、というのも嘘。痛みを裏切るのは歴史だ。歴史が言葉を裏切るのと同じように。けれど歴史の真実は言葉の真実でもあり、つまりそれは何もかもが変わりゆくこと、すごい速さで変わっていくことを示している。感覚を持つ体はすべて、明日が今日ではないことを思い出させる役割を果たす。痛みに苦しむことは、何のためにもならないわけではないかもしれない。あるいは何にもならない以上のことかもしれない。痛みの学びは、あらゆるものにかかわる学びであり、「何もないのがすべて」ということを思い出させてくれる。

原注

1 Elaine Scarry. *The Body in Pain: The Making and Unmaking of the World.* New York: Oxford University Press, 1985.

2 Roselyne Rey. *The History of Pain.* Cambridge, Mass.: Harvard University Press, 1998.

3 【挿絵】「傷ついた人間（The Wound Man）」は、一般的に起こりやすい事故や怪我を視覚化した解剖図で、一四九一年刊行の医学書に初めて掲載された。この「傷ついた人間」の図はハンス・フォン・ゲルスドルフ『外科手術の実践教本』（一五一七年）より。「傷ついた人間」は体じゅうに傷を負っているにもかかわらず、常に生きて直立した姿で描かれている。

4 こうした死体皮膚は臓器および組織ドナーから提供されるが、多くの場合ドナーは組織が直ちに採取され、営利目的の企業間のチェーンで取引されることを知らない。ライフセルは、両乳房再建のための死体皮膚はひとりのドナーからの提供であることを約束している。よって、私の体には死体皮膚が移植された部分が二箇所あるが、それらは同じ人から採取されたということになる。しかしアロダームはがん患者やほかの病気の患者を助けるためだけに使われているわけではなく、疾病とは関係ない選択的な美容外科手術にも使用される可能性がある。営利目的の組織取引の世界は不透明なままではあるものの、二〇一七年のロイターの調査シリーズ『身体取引（The Body Trade）』によれば、人間の遺体の売買は米国内では一般的には違法ではない。業界の推計では提供された組織の販売は毎年数百万ドルの利益をもたらすが、ドナーの愛した人々に対しては一切何も支払われない。https://www.reuters.com/investigates/section/usa-bodies/

5 【挿絵】哲学者ルネ・デカルトの『人間論』（一六六四）より、痛みの通り道のイラスト。

訳注

＊1 引用元『マージェリー・ケンプの書 イギリス最古の自伝』石井美樹子・久木田直江訳、慶應義塾大学出版会、二〇〇九年 三六八頁

＊2 神の幕屋：幕を張った部屋や小屋のような空間。聖書に登場する移動式の神殿／ガーゴイル：西洋建築、特に神殿や聖堂の屋根などに設置された雨樋から流れてくる水の排出口としての機能を持つ彫刻。悪魔や怪物、動物などをかたどったものが多い／モールディング：西洋建築に見られる壁や家具などに施した帯状の装飾。繰型《くりかた》とも呼ばれ、光と影によりさまざまな陰影が浮かびあがるように設計されている。

＊3 著者はここで「ジョルジョ」としているが、映画の冒頭で川に突き落とす男が「ジョルジョ」で、崖のシーンの男は「オスカー」である。

＊4 デカルトの心身二元論では精神と身体をそれぞれ独立的に存在するものとする。

＊5 手術や治療、検査などの際に臓器や組織、細胞内に洗浄や形状保持の目的で、使用部位や用途に合わせた液体を流し込むこと。

＊6 自然などの無生物に人間的な感情や行動があるかのような表現方法を指す文学用語。

＊7 ハンナ・アレント『人間の条件』志水速雄訳、筑摩書房、一九九四年 七六頁

＊8 ルソー『人間不平等起源論』中山元訳、光文社古典新訳文庫、二〇〇八年 一〇六頁

＊9 数字はエミリー・ディキンソンのジョンソン版詩集の番号。

消耗した生

かつて愛について書いたやり方で、疲労について書きたかった。愛と同じく疲労も、言葉を必要としながらも言葉では言い尽くせない。そしてやはり愛に似て、疲労はあなたを殺しはしない。たとえそのせいでもう死にそうだと、あなたが幾度となく訴えるとしても。

疲労と死は似ていない。死には筋書きがあり、読者がいる。疲労はただ退屈で、才能など必要なく、つまり誰でも実践できるという点では民主主義的だが、ファンは少ない。そういう意味では、疲労は実験文学に似ている。

かつての私は疲れていなかった。それからひどく疲弊することになった。病気になり、治療の後遺症で消耗し疲れ切ってしまった。枯渇の時期に引きずり込まれ、やがてそこを通り過ぎた。そして病気の回復後、これから先も「すっかり元通り」は決してやって来ない場所に、おそらく永遠に取り残されてしまった。疲労という土地の奥深くに、ますます沈んでいく。もはや自己修復が不可能になったとき、何が起こるか。消耗や枯渇は死ではない。死とは異なる何かを、なんとかやっているという状態。

疲労は、ある身体に現れる歴史の集大成だ。徐々に変わっていく身体に、疲労も刻まれていく。疲労というテーマが新たに注目されるようになってきたのだとすれば、かつてはプロレタリア的な感情だったものが、すべての人がプロレタリア化した現在、人々に共通する感情になったからだろう。

*

疲れ切った人々は、常に頑張っている。たとえそうしたくなくても。たとえもう疲れすぎて、「頑張っている」と言葉で表すことも、自分は「頑張っている」と認識することさえ、できなかったとしても。疲れ果てた人々自身の頑張りこそ、彼らを痛めつけ続ける機械を動かす燃料なのだ。長く生きることが幸せとは限らない。

「頑張る」とは、身体と共にさまざまな努力を尽くして歩み続け、そうした努力の限界を追求する方法のことだ。できそうもない、でもやらなくてはいけない。だからやるしかない。まずひと呼吸する、そして達成する。それからまたいくつかの試みを組み合わせて実践し、失敗したり、昼寝をしたり、選択を誤ったりする。すべては「試みる」ことを試みるためになされる。高タンパクな午後のスナックを食べ、存在の限界まで自分の存在を消耗し尽くすのだ。

疲れ果てた人々には可塑性《かそせい》と順応性がある。彼らはすでに擦り減っているために、必要に応じてより簡単に、より大きく曲がる。彼らはまるで水のように流動的に生きる。水が、あるときには重石をつけられた遺体を投げ込まれ、またあるときには沈みゆく船を飲み込み、あるいは別のときにはその表面に顔を出すイルカを泳がせているように。

疲れ果てた人々が欲すること、それは疲れからの解放だ。疲れ果てた人々も、ただひとつこの欲望だけは持つことができる。もうこれ以上、疲れていたくない。それは、再びいくつもの欲望を感じられるようになるための前提条件だ。ほかの何かを欲するためには、まずは疲れから解放されなくてはならない。本当に求めるものを求められるように。疲れてさえいなければ、彼らの身体は再び愛や芸術や快楽へと向かう可能性を示すことができるはずだ。後悔に陥ることなく考えを巡らせたり、ものごとを成し遂げたり、「弱りきって痛々しいながらもなんとか頑張る」以上のことができる可能性を示せるはずだ。

何かを求めるには疲れすぎているときに露呈する私たちの欲求は、正確には私たちの欲求とは言えない。疲れ果てた人々が自分たちの内側から生じる欲望だと思い込んでいたものは、実は彼らの外側からやって来た欲望だった。それは彼ら以前にすでにあったもの、彼ら自身ではない誰かから命じられたものだったのだ。

ただしエネルギーとその不足は、さして観念的なものではない。あまりに疲弊しているせいで疲弊から解放されること以外に何も欲することができないという状態も、決して理由のないことではない。かつてはできていたことをする生命力が、いまもこの先も永遠に失われたと思うことにも、根拠がないわけではない。疲れ果てた人々が疲れ果てているのは、生き延びるために生きる時間を売り渡しているからだ。そして売り渡していない残りの時間を、これから生きる時間を売り渡す準備のために使っているからであり、そしてさらにその後の時間を、自分の愛するほかの人々の人生のための準備に使ってしまうからなのだ。

＊

人は何にでもなれる、と彼女は教えられる。個人の自由な可能性がある経済圏にいて、本気でなりたいと願うなら。それは疲れを知らない不屈という、開かれた境界線を挟んで行なわれる、魂の自由貿易だ。地平いっぱいに広がる選択肢の連なりは、どんな制約によっても制限されない。ただし、可能性の限界を知るために自分を消耗し、疲弊させる能力が発揮されることで、結果的にあらゆる可能性が制限されてしまうことを除いて。

運命は難破してしまった。その代わりとして私たちには行為主体性が授けられた。愛する自由、働く自由、何かを得る自由、複数に及ぶ契約的な、あるいは準契約的な領域に入っていく自由。そこでは、ある人の立場を決定するという趣旨のもと、彼女の存在を構成する各要素が、彼女をいかに消耗させるかという点だけを基準に、折り合いを付け合っている。

そういうタイプの自由のなかでは、あらゆるフェンスがすべて見えていないということが、ひとつひとつの見えないフェンスにとって重要なポイントになる。さまざまな制約に囲まれていながらあからさまな制約は見えないことが、限界と無限の両方を神秘化する。沈む地平線がある一方で、進む者に力が残されている限り永遠に終わらない道やハイウェイがある。あなたを消耗させる地に着いたとき、あなたは本当のフェンスを見つける。

まさしくその場所で、自由は終わりを迎える。自分自身のシステムの不備に足を取られ、かつては力に満ちていた者も、いまやこの世から消えた動物にすぎない。自由なエネルギーは、自由の果てへの冒険の途上で、すべて自由気ままに使い果たされてしまった。

*

疲れ果てた人々は毎朝起きる。少なくともほとんどの人がそうする。彼らがほぼ毎日ちゃんと起床するということは、ある人間の感情と実際の行動との間にいかに距離があるかの証拠である。

ある人が起きられるのは、そしてたいてい実際に起きるのは、意志によって選択した「ベッドから出ようという努力」のためである。起きられなかった場合も、起きたいという欲求がなかったせいでそうなることはほとんどない。疲れ切った人たちは、どれだけ「ただ単にできない」状況にあろうとも、生きている限りは努力し続ける。やらなくなるまではやり続けるほかの多くの人々と同じく、彼女たちはただ続けるのだ。ただし、ほかのまだ疲れていない人に比べると、彼女たちは続けるごとに惨めさを増していく。生きるために、すなわち食べるため、水を飲むために、あるいは生活費を稼ぐために、各種の料金や税金を払い、ひとりでトイレに行き着替えをし、愛する人の世話を可能にする法則——労働の、または愛の——を発見するために、彼らはまず起き上がらなくてはならない。少なくとも、ときどきは。疲れ切った人々は、やるべきことはほぼできているかもしれない。けれどそのために消耗しきってしまった結果、自分のやりたいことはほとんどできない。疲れきった人々は死なない。死ぬにしてもほかの人と同じくたった一度きりで、死因もさまざまだ。疲弊した身体は誤った情報ばかり発信する。けれど誤った情報は正しい情報でもある。なぜならそれは、ずっとこんな状態でいるのは無理だというメッセージだから。それでもそんな日々が続いていくことでわかってくるのは、生きていることと死んでいることとの間の境界線の曖昧さである。

生きることとは、存在するための努力そのものになる。この「存在するための努力」のケースファイルにありそうな長い夜、時間の長さに見合う何かを達成するにはエネルギーが足りない。あらゆることを試すけれど、まさにそれによって消耗してしまう。このことを記録しておこうと思う人も、ただこう書くだけだ。「私は疲れ果てている」。彼女たちはペンを置くことさえできないほど疲れている。

*

「目的を果たそうと努力するうちに、自らを使い果たしてしまう」。これは起業家的な生き方のルールの前提となる、ヨガ的な思考である。現代は肯定《YES》の時代であり、果てなきできる《CAN》の時代だ。身体と地球の両方に対して、細胞単位で人間的な感情を読み込む感傷的誤謬が広まっていること。それは、私たちが共倒れの終末を迎えることへの警告の表れである。

自分を使い尽くすためのアーサナ［ヨガのポーズ］は次のようなものだ。

まずはひと呼吸。汗ばんでくる。さあ、汗と呼吸を一緒に。よし、うまくできた。次はメールを書きながら汗をかく。そして呼吸も。これもうまくいった。そしてメールを送る。次に呼吸しながら仕事。うまくいかなければ仮眠をとり、呼吸。今度は眠らないようにしながら呼吸、または息を止めながら、でも汗はかいて。失敗を経て。よし、やっとうまくできた。

生存の法則としての疲弊は、存在するという行為がどんな形で終わるのか、その限界を発見するまで、可能な行動の組み合わせをすべて試す。あらゆる偶発的なものの例に漏れず、その法則から生じる結果はひとつ。可能性である。ここでの可能性とは主に、どんなものでも最後には疲弊して終わる可能性を意味する。

疲れ果てた人々は、またもや自分たちのエネルギーが浪費されていることに気づく。通常は疲労を癒すはずの睡眠も、疲れ果てた人々を失望させる。睡眠は夢の影響力に満ちている。つまり睡眠が更なる睡眠を誘うような仕組みであり、眠れば眠るほど疲労してしまうような法則が働いているのだ。その疲労が更なる疲労を引き起こす。そしてそのレベルの疲労はもう、睡眠だけで癒せるようなものではない。

疲れ果てた人々は、消耗しきった生の聖人である。もし聖人というものが、ほかの人々よりも苦しみに耐えることに長けている人間を指すのならば。疲れ果てた人々は、過剰と混乱が慢性化したこの時代に、身体と時間にズレが生じてばかりいるという苦しみに特によく耐えている。現代において、時間は二十四時間を超えた周期に拡張し、あるいは十五分計画のもと、一時間は四つの部分から構成され、ポモドーロ[*1]化され、有効利用化され、フォーモ《FOMO》[*2]化され、生産性を向上させられている。時間が財源を提供する帝国と勘違いされていること、人間が何千という複雑な曲を同時に奏でられる楽器と間違われていることを、疲れ果てた人々は身をもって証明している。

*

生命力を測定することはできない。それは実体のないもの、あるいは少なくとも物質的ではないものだから。ただし私たちが自らの枯渇状態にとても敏感になると、生命力の存在はリアリティを増す。けれど疲れ果てた人が、彼女の心のなかでは自分を著しく生気がなくおぼろげだと感じていたとしても、彼女の身体は人間の身体に見える。目立たなくとも生きて動いて、さらに頑張ること、必死に頑張ることができ、向上したり改善したり、切望したり創造したりすることができると見なされる。

私たちは決して、私たちの生命力の容れ物ではない。どんな人の身体にも目盛りなど付いていない。かつて自分たちがどれほど限りない可能性を持っていたのかなど、誰にもわからない。存在するということを、かつてはどんなふうに感じていたのか。いま存在しているということは、それとどれだけ違って感じられるのか。見ただけでは誰にもわからない。あるいはかつて私たちがどれだけ充実していて、いまはどれだけ枯渇してしまったのかも。水が無くなってしまったとわかるのは、空っぽのグラスがそう告げるからだ。使い尽くされてしまったことを外見で表すためには、特定の人生を内包していることが明らかな見た目をしていなければならず、内部にある資源のおおよその値を提供して、それがいかに不足しているかも示さなければならない。

疲れ果てた人々は「すでに使い尽くされている」が、決してそのように見られず、ただ使えるモノ（何もかもが手段として利用される世界における、ほかのすべての人やものと同じように）と見なされる。たいていの場合「使い尽くされる」という表現は、何か容れ物に収めておくことができ、実際に何かに入れられることの多い物質や物体に使われる。そして「使い尽くされる」ものは、主にその容れ物との関係性から、使い尽くすことのできるものだと判断される。「使い尽くされる」ものはおそらく、完全に容器からなくならない限り、使われたと認識されない。なぜなら「使い尽くされる」ものとは通常、何か明らかに代謝に関わるような使用目的を持つものだから。たとえば食べ物や石けん、ガソリンなど。堆肥を作るコンポスト・バケツの内部は、いつも暗いままだ。

疲れ果てた人々が疲れ果てて見えるのは、そう見えない努力をしていないからだが、そもそもいつも努力して頑張ってしまうからこそ、その人たちは疲れている。「すごく疲れて見えるよ」と私たちは疲れ果てた人に言うかもしれないが、それはかつての生き生きしたその人の姿を覚えていて、比較によって変化に気づく場合だけだ。つまり前は健康そうだったその人が「今はやつれて見える、目の下にクマがある、顔が浮腫《むく》んで顔つきも変わった、力を振り絞ってなんとか肩の上に頭を乗せているみたいだ、言いたいことがはっきりしない、怒りで自制心をなくしている、すぐ泣いてしまう、ゴチャゴチャとよくわからないことを言う、泣きながら『疲れた』とか『もうクタクタ』と言って、そしてまた疲れのあまり泣いてしまう」などの様子に気づいたときだけだ。

疲れ果てた人は、できるだけそう見えないように頑張っていて、これからもきっと頑張る。努力こそ彼女が得意なことだから。目の下にコンシーラー、頬には頬紅。こうすれば疲れて見えないと雑誌やウェブサイトが彼女に教えるすべての技を実践する。まぶたのたるみを軽減させるためにまつ毛をカールし、コーヒーを飲み、アデロール［アンフェタミンを含む興奮剤］を服用し、運動して、今日は火曜だと意識し、次に金曜、そして月末、それから次の月初めが来たことを認識して、時間が彼女を置いて猛然と進んでいることに気づく。彼女のやることリストは時間と一緒に前に進むのに、彼女自身は置き去りにされていることに気づく。

訳注

＊1　ポモドーロ法は一九八〇年代にフランチェスコ・シリロによって考案された時間管理法。タイマーを使って二十五分の作業時間と短い休息時間を一セット（これを「ポモドーロ」と呼ぶ）とする。

＊2　Fear of Missing Out の略で自分が知らない間に楽しいこと、有益なこと、重要なことなどが行なわれたり発表されたりしていることへの恐れ、「見逃し」への恐怖を指す。

デスウォッチ

あるがままのものなど、何もない。なぜならこの世界で体を持つということは、ただ体そのものを持つことではないから。それは、歴史の流れのなかのどこかに存在する体を持つということだ。

「何もかもがヒューリスティック！」[*1]おそらくこれが、私にとってのコヘレトの言葉[*2]だろう。あらゆる手段をすべて使い続けたい私たちは、それを可能にするために、別のある手段を用いる。何もたしかなものはないが、私たちの間にあるもの、そして私たちが知る必要のあることだけが例外だ。作りもの、見た目やうわべ、インスタグラムのフィルター、混乱を生む形式。私たちは世界を理解しようと、頭のなかでものごとの輪郭を描いてみる。そうしたところで、たいていはよく理解できない。

紀元一七〇年二月十四日、アリスティデスは故郷のスミュルナにいる夢を見た。そこで彼は「目に見える当然のことを、すべて疑っている」[1]。私は自分のノートに書いた。「美しく書くことなど望まない、もし真実ではないのなら」。

人々から求められる苦しみを生み出すという状況。中世ヨーロッパの敬虔なキリスト教徒たちは、ハンセン病患者にキスをすることがあった。患者の傷に鼻をすり寄せたり、自分のベッドに寝かせて、彼らの「芳香」とされるものをそこに残させたりした。[2]

ただひたすらじっと座って、ほとんど、あるいはまったく動かずにいるという状況。その間にも、世界は世界のペースで動き続けている。世界と同期していないために、ある一日がいつの間にか次の日になり、次の月になり、次の年になっている。そのうち世界の動きは手に負えなくなり、二度と再び追いつくことはできない。

都市になった気分を味わうという状況。その荒廃した様が、人々の興味をいちばん引きつけるような都市に。

＊

『連続的キャサリン・モーテンホー』の映画化である一九八〇年の作品『SFデス・ブロードキャスト』（原題『デス・ウォッチ』）でハーヴェイ・カイテルが演じるのは、目のなかに埋め込まれたカメラを持つジャーナリストだ。彼は、ロミー・シュナイダー演じる死にゆく女と親しくなるという任務を負う。映画も原作と同じく、病気による死が非常に珍しくなった世界が舞台である。人々の生は、かつては悲劇という枠組みによって与えられていた美しさを失っている。カイテル演じるロディの仕事は『デス・ウォッチ』というテレビ番組の制作だ。早すぎる死という甘美な喜びに没入する経験を、視聴者に約束する番組である。

映画のキャッチフレーズは「彼女は世界中の注目のまと……科学が可能にした視線は何を捉えるか」。

原作と同じく、キャサリン・モーテンホーの職業は自動的に小説を生み出すコンピューター・プログラムに、物語的なひねりを加えるライターだ。原作と異なるのは、彼女の死が過剰な情報によるものではない点である。むしろ彼女は必死に情報を求めている。理想的な悲劇のスターを探していた『デス・ウォッチ』の制作陣は、それを体現するようなキャサリンを見出す。豊かな表情と、穏やかなたくましさ。若さゆえの美しさがあり、年齢相応の賢さもある。同情心を掻き立てる程度の平凡さと、放送に耐える個性も持ち合わせている。番組制作者たちは、彼女が死に向かいつつあることを、彼女自身よりも先に知っている。彼らは隠れて撮影を開始し、彼女が医者から死に至る病気の知らせを受ける様子まで録画する。そして出演契約を結んでもいないうちから、彼女の顔は番組告知の巨大看板に載せられる。

謎めいたヒロインにされたキャサリン・モーテンホーだが、看板の自分の顔を見てその扱いに抵抗を覚え、カメラの前で死んでいくことも受けいれられない。彼女は安っぽいウィッグで変装し、処方された鎮痛剤の小瓶だけを手に逃亡する。番組から出演契約料を受け取るが自分のためではなく、それを愛情の薄い夫の手に残して彼の元を去る。夫だけではなく、生活のすべてを置いて。誰にも何ひとつ告げず、新たに匿名な存在となって貧困のなかで死ぬために旅立った彼女は、貧しい人々の集団に紛れ、ひとり痛みに苦しむ。

ロディはモーテンホーを追うテレビ番組のただひとりのクルーである。彼女は自分が番組に出演していることなどまだ知る由もない。目に埋め込まれたカメラで撮影をしながら、ロディはモーテンホーを追いかけ、彼女と親しい間柄になる。ふたりは一緒に近未来スコットランドの荒涼とした地域を抜けて、ランズエンド岬まで旅をする。金で雇われた抗議行動参加者たちに紛れ、安アパートやホームレスのシェルター、空き家を転々としながら。モーテンホーはプライバシーを求める。それに対してロディに必要なのは、彼のカメラ・アイに常に光が当たっていることだ。そうでなければ、彼は失明してしまう。あるシーンでの彼は、暗い牢獄のなかでさえ光を求めて看守に懇願し、照明を当ててもらう。

モーテンホーは、映画の展開としては不可避な、ロディによる性的誘いをかわし、遠ざける。この映画は旅する男女を描くが、モーテンホーの体は死を迎えることに忙しく、ロディの欲望に関わっている場合ではないことを彼女自身が強調する。ロディとモーテンホーは恋人同士ではないが、だからといってふたりの関係がエロティックではないとは限らない。ロディはモーテンホーを見る必要があり、モーテンホーは見られることを避ける必要がある。しかしふたりがランズエンド岬に到着するころには、ロディはすでに多くのものを見すぎている。ライトを海に投げ捨てた彼は、視力を失うだけでなく、それによって子どもじみた哀れな人間になる。映画が明らかにするように、誰もが見ることに夢中な世界で、危機なしには保つことができないのが謎というものだ。この映画において光は虚偽である。闇こそが、世界が認めようとしない真実なのだ。

＊

病院では、患者は夢を見るほど長い眠りを許されない。最後の化学療法で使用された薬によって私の体は大きなダメージを受け、私はがん患者から心臓病の患者になった。一月のある寒い夜、私はひとり救命病棟にいた。さまざまな線と管につながれ、眠りを妨げる物音やブザーの音で一時間ごとに目を覚まし、病院の真っ白なシーツのなかで凍えながら不安に駆られていた。

学者たちの見解では、アエリウス・アリスティデスは『聖なるロゴス』を書くことで、私的な治療の公的な文書を作り出した。それはまた、死すべき定めにある人間が自らを祝福することに結びついた、神への賛辞とも言える。作品のなかでは体と言語がお互いの周りにきつく絡み合ってほどけない。アリスティデスは彼の夢の記述のひとつを、こんなふうに結んでいる。ほとんどの人間の欲望は豚の欲望と同じ――性欲、食欲、睡眠欲――だが、彼自身の欲望は最も人間らしい。なぜなら彼が求めるのは言葉だから。

別の夢のなかで、プラトンのために建てられた聖堂にやって来たアリスティデスは不安に駆られる。私たちが偉大な人々を思ってすべきことは聖堂の建立ではないと彼は考える。その代わりに本を書くべきなのだ。神々が万物から成るのに対して、人間は言語からできているものだから。

アリスティデスがあまりに夢のお告げに忠実に従うことを友人たちが咎めると、彼は改めて主張した。医師の指示に従うか、神の指示に従うかという選択肢は自分にはない、と。アリスティデスが従ったお告げのほとんどは入浴／水浴びをするかしないかについてであり、あるいはどんな種類の水域であれ、構わずとにかく入っていくべし、というものだ。治癒効果のあるこうした冒険は、ほかの誰にも真似できない。というのもそれらは、アスクレピオスという特定の神から、アリスティデスだけに向けられたあつらえのお告げなのだ。ある人にとっての治療が、別の人を殺すこともある。アスクレピオスはまた、夢を介して進路指導まで行なっている。神の助言に従ったアリスティデスは、病床の周りに友人たちを集めては演説を披露した。ときには叙情詩を書き、子どもたちに歌わせることもあった。

どのルートを選べば生き延びられるという、明確に示された道筋があるわけではない。

紀元一七〇年、アリスティデスは書いた。「私たちの過ごす毎日に、そして毎晩の夢に、物語がある」[3]。これは私たちのすべての時間についての真理でもある。半ばせん妄状態の入院中の意識下で、私はそこで使われうる専門用語への黙認を大きな白いガチョウに括りつけ、私から遠く離れて飛んでいくよう星空に送り出す。より激しく正義感に満ちた怒りを押しのけてしまわないように、苛立ちや虚栄心、そして私自身の残虐性や個人的な欠点も一緒に、彼方へと送り出す。

がんなど最初から存在していなかったのではないかと、私は不安を覚え始めた。実はがんについてパラノイド的なことを書いたウェブサイトこそが真実なのではないか、すべては巨大製薬会社による嘘なのではないか。あのしこりは別に深刻なものではなかったのではないか。私に起きたことはすべて金儲けのためのフィクションで、実はにんじんジュースや飲尿健康法で治すことができていたのではないか。病院で、心臓専門医が私の心臓の機能に欠陥が生じていることを、あるいはそうではないことを証明しようとする間、私は嘘のせいで死ぬことになるのではないかと不安に駆られていた。

＊

ロディの目が見えなくなると、テレビ番組『デス・ウォッチ』は素材の供給先を失う。キャサリン・モーテンホーの死は放送されなくなる。ここで初めて明らかにされるのが、実はキャサリン・モーテンホーは、死にゆく存在ではなかったという事実である。少なくとも番組が彼女の担当医と共謀し、一錠服用するごとに死の経験に近づく薬を彼女に与えるまでは。

全部が作られた嘘だった。ロディとの友情も、モーテンホーの死に至る病いも、光がどこまでも広がっているというロディの確信も、闇のなかに逃げ延びられたというモーテンホーの確信も。

モーテンホーは、自分が死ぬと信じ込むように仕組まれていただけだったという知らせにも、安らぎを感じない。彼女の死を目撃して悲しみに浸ることを楽しむ世界、そのために薬で少しずつ彼女を殺そうとしていた世界で生きる時間が延びたことを、ありがたいなどと思わないのだ。モーテンホーは死をもたらす危険な薬を大量に飲むが、彼女の死の場面は観客には見せられない。彼女が死んだのかどうかさえ定かではない。この映画は彼女の死の場面を見せないことで、映画のなかの世界が彼女に決して与えようとしなかった謎を持つことを、モーテンホーに許しているのだ。

『SFデス・ブロードキャスト』の製作から二年後、モーテンホーを演じた女優ロミー・シュナイダーは、薬物の過剰摂取によりパリのホテルの部屋で亡くなった。

＊

一三二一年は歴史上で唯一、病人、病気の感染者、そして身体に損傷を負った者たちが集結して組織化し、彼らの世界を征服しようとした年かもしれない。少なくとも、そういう噂の立った年だ。ハンセン病患者たちは二年間かけて準備を進め、反乱だけで終わるのではなく、その後の世界の構築に向けての計画を立てていたとされている。彼らは、誰が何をどのように得るのかを計画した。泉や小川、湧水が、彼らの尿と血液、それに四種類のハーブと聖体を混合した「毒」で一斉に汚染されることになっていた。フランス全土のすべての人々（ハンセン病患者ではない人々）が、死ぬか、自分たちもハンセン病を患うかのどちらかになるはずだった。病気の人々が起こした反乱を生き延びた健康だった人々が今度は病気の人間の側になり、必然的に〈病人の帝国の市民〉になっていただろう。[4]

ハンセン病の人々が世界を支配することはなかった。計画が事前に見つかったとされ、患者たちは取り押さえられて残虐な扱いを受け、火あぶりにされ、拷問を受け、投獄された。ハンセン病患者たちの引き起こしたパニックはヨーロッパじゅうに広がった。けれど私が興味を引かれるのは、患者たちの計画の顛末ではない。反乱が弾圧されるのは、季節が巡るのと同じくらいありふれたことだ。私を引きつけてやまないのは、歴史のなかにハンセン病患者たちが反乱を夢見たという事実が残されていること、それ自体だ。[*3] ドイツの急進的な団体、社会主義患者同盟は書いている。「病気は、あらゆるものを革命的に変えるような紛れもない挑戦となる。そう、あらゆるすべてのものを！　それは本当の意味では史上初めて、正しい形でなされるのだ（略）」。[5]

それは、以前ある看護師が化学療法室で私に教えてくれた言葉に似ている。「狼を捕まえるには、狼を使え」。

＊

心臓専門医は、私の心臓の状態について、いかなる判断も下さなかった。深刻な病気に対して保証されるのがたった数週間の無給休暇のみでは、重いがんを患う人たちにはどう考えても不十分だ。治療が一年以上も続いたり、治療終了後に障害が残ったりして、患者の生活がままならなくなりがちな病気なのだから。私の場合も、休暇はもう残っていなかった。心臓の問題に対処するための休暇などなく、これから先の治療で必要になるあらゆる手術のための休暇も当然ない。死にそうでも健康でも関係なく、私には生活費の支払いがあり、養うべき子どもがいて、指導すべき学生たちがいて、失うわけにはいかない仕事がある。私は仕事に行かなければならない。カーラが病院に持ってきてくれた化粧ポーチの道具を使って、私は健康的な見た目を作っていく。重症患者管理室の新しい担当医が病室に入ってきたとき、私はできるだけ病床から離れた場所にいるようにした。背筋を伸ばして椅子に座り、本を読む。医者が私に「患者さんはどこですか」と質問する。

すでに数ヶ月間、がんをめぐるこのゲームに参加してきて、病院での治療にもうんざりしている私は「患者はどこかに消えました」と言ってしまいたくなる。でもそうする代わりに「私が患者本人です」と医療上必要な告白をする。私の姿とカルテに書かれた症状の矛盾に混乱した医者は「病気に見えませんね」と言う。

巧みに偽造した健康的な私の外見と、たしかに病人であるという現実を一致させられずにいる医者に対して、私はもう退院しても大丈夫と言わせるための説得にかかった。重症患者管理室に入る原因になった症状は、何ら変わっていないにもかかわらず。そして私は車椅子で病院から運び出された。すでに春学期は始まっていたので、そのまま車で職場に向かう。教室まで三十歩もない距離を歩くことさえままならず、立っているのもやっとだ。たったいま退院したばかりで、息は切れて鼓動も激しい。それでも私は教壇に立つ。翌朝、四番目となる心臓専門医を訪ねていく。医者は私をひと目見ると、前日に別の医者から言われたのと同じく「カルテに書いてある心臓の症状を持つ人には見えない」と言う。

古代エジプトでは、死んだ人間が冥界に行くためには、死者の心臓――彼らが精神と感情の中心と考えるもの――は「真実の羽根」と天秤にかけられ、より軽くなければならないと信じられていた。心臓には、その人のすべての行いが含まれている。良きにせよ悪しきにせよ、愛にせよ憎しみにせよ。死者の心臓が羽根より重かった場合、秤の下で待ち構えている「死者をむさぼるもの」に食べられてしまう。けれど、もし死者の心臓が良く生きられた人生の記録を宿し、羽根よりも軽いならば、その人は死後の世界に進むことができる。

乳腺外科の看護師のひとりが、私が心臓専門医の診療のために彼女のいる複合医療施設に来ているると、どこかで聞いたらしい。わざわざ私のいる場所を見つけ出し、ハグをしに来てくれた。心臓に問題があるせいでがん治療の完了が妨げられることを私が心配しているのを、彼女は気にかけてくれている。このときの私は、化学療法と乳房切除手術のあいだの数週間を過ごしているところだ。もしかすると彼女のほうが、私の心臓に問題があるせいで私のがん治療の完了が妨げられることを、心配しているのかもしれない。どちらかはわからない。とにかく私は、いくつかの必要な手術を始められる時期までに、心臓専門医の承諾を得なければいけない。携帯型のモニターにつながれたまま数日間生活して、心臓専門医が病院で見つけることのできなかった病気の徴候が現れるのを待っている。

そしてついに結果が出る。問題なのは心臓ではなく、神経だった。私の心臓を制御する神経のいくつかが、化学療法によって死に始めているのだ。私の手や足の神経の多くがすでに死んでいったのと同じように。手術の時期は遅くなったが、大幅な延期ではなかった。食事をして、回復に努め、自分の体のなかの死んだ部分が生き返るのを待つよう指示を受けた。私の心臓は傷を負った。でも機能しなくなったわけではないのだ。

＊

私がここに書いたことには、健康で無傷な人のためのものは何もない。そういう人のためだったなら、初めから何も書いていなかっただろう。いま現在は病気ではない人たちも皆、かつては病気だったり、まもなく病気になったりする。私は夢が見たくて、わざとおかしな姿勢で眠る。湖の夢、上ることができないハシゴの夢、『今もこれからもあなたはきっと知らない』というタイトルの本の夢。それぞれの夢に、そこでの生と呼ぶに値するような内容がある。

混乱を生じさせるようなことを書いたと、自分でもわかっている。少なくとも私にとっては、そういう経験だった。この混乱は、生きている人間なら誰でも私が何を言いたいかわかるはずだと確信しながら話すときの、あの混乱と同じ種類のものだ。たとえば、木漏れ日の差す小道に蛇がいるので近づいたら脱皮した後の抜け殻だった、自分はその蛇だと感じると、説明するとき。

蛇を見ると、蛇が古い皮から滑り出る様まで同時に想像する。皮を体から離しやすくするために、固いものに擦りつける姿。あるいは古い皮を置いていかれるように、満足のいく新しい皮を蛇が作り出さなくてはいけないこと。蛇を見ると、蛇の目がどんよりと曇って、少しのあいだ視力を失っているらしい様子まで思い描く。古い皮膚を脱ぎ捨て、新しい皮膚を得て、そうやって何か違うものになる過程で、混乱しているようだ。この本が投げかける問いはこれだと私は決めた。「あなたは蛇になる？　それとも蛇が脱皮した後の抜け殻になる？」

誰も歴史の外側に生まれてこないのと同様に、誰の死も、ただありのままの死ではない。死は止まることがない。死は普遍的で、かつ普遍的ではない。死は不均衡に分配される。ドローンによる襲撃や、銃や、夫の手によってもたらされる。病院育ちの細菌の小さな背中に乗って運ばれ、新しい資本主義に伴う気候で生じた嵐に乗って拡散し、細胞に突然変異を命じる放射線の囁きを合図にやって来る。死は私たちが何者であるかに深く関わるものであると同時に、私たちが誰であろうと関係なく訪れるものでもある。リスが一匹、死んでいた。外傷もなく、これといった理由もなく、私の家のそばの木の根元に横たわって。ほかの死すべき定めにある生き物たちのように、私も生きているということに、こだわりすぎるべきではないのだ。私はノートにこう書いた。「文明の衝突――生者対死者――において、自分がどちらの側にいるかはわかっている。ただしどちら側かは、決して言わない」。

原注

1 Aristides, *Sacred Tales*.

2 Cathérine Peyroux. "The *Leper's Kiss*" in *Monks and Nuns, Saints and Outcasts: Religion in Medieval Society: Essays in Honor of Lester K. Little*, edited by Sharon Farmer and Barbara H. Rosenwein. Ithaca, N.Y.: Cornell University Press, 2000.

3 Aristides, *Sacred Tales*.

4 カルロ・ギンズブルグ著、竹山博英訳『闇の歴史――サバトの解読』（せりか書房、一九九二年、五九頁）

5 SPK (Socialist Patients' Collective). *Turn Illness into a Weapon: For Agitation*. Heidelberg: KRRIM, 1993.

訳注

＊1 発見的手法。意思決定の場面で経験則や先入観などから直感的に判断し、ある程度の正確性を持った答えを導き出す思考法。

＊2 旧約聖書のなかの「伝道の書」で知恵文学に属す。コヘレトを介して、人生や社会について宗教や民族を超えた普遍的な疑問の哲学的考察が展開される。

＊3 一三二〇年末頃、仏国カルカソンヌ地方の行政官たちが国王に宛てユダヤ人とハンセン病患者が共謀して井戸に毒を入れたと抗議文を送った。カルカソンヌ地方付近レスタンのハンセン病院責任者が裁判の尋問で告白し、ハンセン病患者の有罪が確定。だが責任者の告白は二転三転し「この裁判で拷問と脅迫が決定的な重みを持ったのは明らか」（『闇の歴史――サバトの解説』）で、事実ではない。「一三二一年のフランスでは、各地の収容院にいるハンセン病患者が、ユダヤ教徒やイスラム教徒と徒党を組んで陰謀をなし、キリスト教世界を転覆しようとしているという無根拠なデマが人々の心を捉え、ハンセン病患者の大規模な虐殺が行われ、裁判所や教会の制止にもかかわらず、ハンセン病患者とユダヤ人に対する襲撃、略奪、虐殺が各地で行われた」（鈴木章仁「医学史とはどんな学問か」「第2章 中世ヨーロッパにおける医学・疾病・身体」「けいそうビブリオフィル」より（https://keisobiblio.com/2016/03/16/suzuki02/5/）

エピローグ　そして私を救ったもの

私は死ななかった。少なくとも、今回は乗り越えた。このがんによる差し迫った脅威が過ぎたとき、私は不可能なことをやってのけたのだと娘に言われた。生き続けながら死後を送る人間として書くという状況を、自分で作り出したのだ、と。がんの後、私の書いたものが完全な許しを得たように感じた。医学的な大量破壊を引き起こす治療薬の強力さによって私が失ったのは、いくらかの神経系のミトコンドリア、外見の美しさ、記憶と知性の大部分、楽観的に見積もっても五年から十年の寿命。そして、そうしたすべてを失ってもまだ変わらず「私」であること、むしろひどく損なわれることで、より自分らしい私になったことを発見した。人間というものは、喪失状態で生きることでようやくリアルな存在になるかのように。

私はすべてを書き留めようとした。数分のことを書くのに数年かかり、数日のことを書くのに数ヶ月かかり、数秒のことを書くのに数週間かかり、数時間のことを書くのに数日かかった。そして、その後の私に長い年月を失わせることになった数分の経験も、結局は打ち明けるには重すぎるできごとばかりに思える。私はこの本を少なくとも千回は途中で投げ出した。この回数のなかに、それを書く過程で生じた数えきれないほどの破壊行為は含まれていない。削除された下書き、消去されたページ、取り消された段落、却下された構成、白紙化された議論、自己規制された感傷、語られなかった逸話。いま挙げたいくつかの例のなかには、再ログインするのは耐えられないフェイスブックのアカウントや、探さないままになっているいくつかのツイートに書いたことは含まれていない。あるいはアーカイブから掘り出していないメールも。それに友だち数人と一緒に私の住む街のいちばん高い場所から紙飛行機にして飛ばしたり、プラスチックのガイコツ人形にくくりつけて湖に沈めたりした病院の請求書も含まれていない。〈あなたのがん治療の旅路〉のバインダーは言うまでもなく。私たちはそれをビリビリに破いて、日没後にケールの種と一緒にある公共の場に埋めた。どこかはここで明かす訳にはいかない。キーボードのスペースバーを叩くとき私は、どうかここで終わりますようにといつも祈っていた。この本が続く代わりに、がんと関係のない、まだ何も書かれていないページの広がりが、これから私に許されますように、と。

もしこの本の存在が必然なら、主流ではない形式をとった、回復の魔法になってほしいと願った。文学の持つ威力を文学から引きはがし、愛されない者たちの共産主義を宣言し、徹底的に力を削がれた状態から生じる自由を、すべての読者に与える本になってほしかった。そこに書かれた文章を通して私たちの体の失われた部分が再生し、そこに書かれた思考が私たちの細胞の減少を止めるほど精緻を極めたものであることを、私は願った。この本は、これまで床に落とされてきたマイクの山から姿を現す奇跡になりうるものだった。立ち上がりながら「墓地を出て路上へ」と宣言する。このフレーズは、かつて自分が病人になることなどまったくの想定外だったころ、友人たちと行ったタロット占いで告げられた言葉だ。私が書くことで、墓石の下の地面を開くことができるならそうしたいという思いもあった。死んだ女性たちからなる反乱軍を、この世に生き返らせたかった。でも私は、そのすべてを実現できるほど上手く書けるようにはならなかった。

認めたくないが、仕方ない。がんとは類いまれな経験であるという罪深い神話のせいで、がんについての作品は総じて証言めいたものになる。その評価の基準となるのは正確さや実用性や感情表現の深さだ。作品の動力である形式や、真実を知ることができないならせめて矛盾し合うあらゆる嘘を知りたい、というもがきの記録である怒りの表現などは、評価されない。

初期の原稿を読んだある友人が、そこに足りないものについて私に書き送ってきた。「このなかの〈私たち〉はバラバラだね」。当初、彼への私の反応は「だって嘘はつけないよ」だった。けれどその答え自体が嘘だった。それは私が嘘をつけるということの、そしてときには実際に嘘をつくということの証明だった。本当に言いたかったのは、孤独が癒されたようなフリはできない、ということだ。それはまるで、友人たちと湖で泳いでいるうちに彼らを追い越し、ブイも超えて、誰も助けに来ることができない深さの場所、私の愛する人たちの誰も来たことのない場所まで泳いで来たような感覚だった。事実と異なる情報の出どころをいちいち説明することなど、私にはできない。がんについても、ほかのどんなことについても。種としての愚行、あるいは私自身の個人的な堕落、または視野の狭い帝国主義的なものが秘かに行う残虐行為からどんな手を使って私たちの目を逸らしているかについて、自信たっぷりに書くことなど私にはできない。

がん医療は、疎外感を生み出すことにかけては天才的だ。だから私はどんなことも、実際には自分が思っていたほど悪くなかったのだと思うようにしている。私が感じていたより現実の方が悪い場合もありうるにせよ。治療を受ける間、病人は寒い部屋に残される。技術者たちは別の場所やガラスの向こうにいて、ヘッドホン越しに私たちに話しかける。手術を担当する医者は私たちの体のパーツに、紫色のペンで印をつける。私たちを愛する者たちは、ときに私たちを見捨てる。赤の他人が私たちの苦悩をフェティッシュ化する。多くの場合、私たちは具合が悪すぎて、ほかの人たちと一緒にいられない。見た目も変わり果ててしまう。人間たちのなかに入ると、見捨てられた動物であるかのように哀れみの目で見られる。がん患者同士であっても、ときには互いのなかに仲間意識ではなく、教訓的な物語――自分がそうはなりたくない悲劇――を見出し、あるいは自分よりは病状の重くない羨望の対象として相手を見てしまう。

私たちを取り囲む環境に病気の原因があるのではないかと話せば、パラノイド的だと非難される。そのかわりに蔓延しているのは、遺伝学的運命による孤独というがん患者のイメージだ。そのせいで、自分は体のなかに不可避的に受け継がれたがんを持って生まれてきて、それを外科医や製薬会社に取り去ってもらうことしかできないと信じ込んでしまっている人があまりに多い。オルタナティブ医療をめぐる環境も同じくひどいもので、領域の異なるビジネス群にすぎない。ここでの売りはレイキ［東洋の信仰に基づく補完療法。施術者が患者に軽く手を当てたり、かざしたりして自然治癒力を促す］とハーブだ。がんの治療中に何を感じるかといえば、私自身がそうだったように、自分はこの世界で最も悲しい利益を生み出すチャンス以外の何ものでもない、ということだ。がんになるずっと前から軽んじられてきて、さらにないがしろにされるのは、はらわたを抜かれるに等しい。

けれどよく考えずに孤独を説明しようとすれば、必ず嘘になる。あるいは多くの真実と同じく、誤った文脈で示されると嘘の一部になってしまう。私以外のたくさんの人が寂しさを感じているのと同じときに、私も寂しさを感じていた。それ以前にも多くの人たちが、私より先に寂しさを感じてきた。私の後にもやはり多くの人が、同じように寂しさを感じるだろう。同時期に病気になった私たち患者のうち、たとえ半数でも治療中に孤独を感じた人がいるとするなら、この広範囲にわたって共通する孤独こそ、私たちが騙されてきたことの証拠なのではないだろうか？

私が孤独を感じがちだったのはたしかに本当のことだが、病気という冒険の旅を続ける間ずっと、友人たちが交代で私と行動をともにしてくれたことも事実だ。がん治療の期間をシュルレアリズム・ファンタジー的に過ごすことにもつき合ってくれた。スリフトストア［販売を通じて何らかの慈善活動に繋がる古着屋］で買ったシルクのパジャマのままの私を映画館に連れて行ってくれて、病院の掃除機の写真や静脈注射の音を記録するのを手伝ってくれ、化学療法の終了を祝うケーキをただ慣習に倣って食べるのではなく、私と一緒に床に投げつけてくれた。がんになることが私の避けられない運命だったのなら、その運命への愛の紙吹雪のなかでがんを経験すべきだとみんなの意見が一致した。一九六六年のアナーキーなフェミニスト映画『ひなぎく』[*1]の雰囲気を体現するかのように。この映画では女性たちが下着姿で寝転び、パーティーの飾りに火をつける。めちゃくちゃにされるためにこそ祝宴はある、と私たちは言った。

友人のカーラによれば、いちばん落ち込んでいた時期の私が、明らかにいちばん必要としていたのは、癒しではなく芸術だった。がん治療を耐え抜くために、私は周りのものすべてを美学的に究極の状態にする必要があったのだ。死体の腐敗を防ぐための蜂蜜で満たされた棺を空想し、思弁的《スペキュレイティブ》宗教をいくつも発明し、反論を書き、復讐を実行し、そしてまったく新しいタイプの葬儀のアイディアを練った。私たちの魂が死後の世界に携帯すべき小型電子機器のリストを作り、その機器自体も新たに考案しようと企んでいた。

友人たちから治療中の私に、詩人のダイアン・ディプリマのお下がりのヨガパンツに包んだ、マリファナ入りポップコーンが送られてきた。面倒を見てくれるパートナーがいなくても、自分がこの世界のなかでかなり恵まれた部類に入ることは彼らの贈り物が証明していた。構造的な剝奪の世界に生きる私たちはそこから逃れられず、それについてはすでにあらゆる議論がなされている。けれどそれでも、剝奪だけがこの世界のすべてではない。がんは辛かったが、私にはそれを和らげる独創的な形の愛があった。それらの愛は、カップルや家族というものに結びつかない、完全に法の枠を超えた非公式的なものだった。具合の悪いときには、もし私に友だちがいなかったら、あるいはどんな理由にせよ、愛されるような人間ではなかったら、またはそんな人間に変わったとしたら、一体どうなってしまったのだろうと考え、冷え冷えとした寂しさを感じた。何人かの友人は離れていった。けれど残った友人たちは、彼らのお金と時間をやりくりして、私の世話をするためにそれらを費やしてくれた。お金のある友だちが小切手を切って、行き届いたケアをする余裕がある友だちの飛行機代を払ってくれ、その友だちが私の体に縫いつけられた外科用ドレーンの中身を捨てるのを手伝えるようにしてくれた。本を送ってくれる友だちや、ミックステープを送ってくれる友だちもいた。ケアの課題をどこまで解決できたかは測定不可能だ。不足の多い、暫定的な解決法でもあった。けれど少なくとも、おかげで私は病気を乗り切ることができた。

治療期間中のあるとき、腫瘍が痛み、再び大きくなっているように感じることがあった。苦しく孤独な死を迎えることを、私はひどく恐れた。そのとき友人のジャスパーは、世話をするために来てくれた人が誰でも寝られるようにと私がダイニングルームに移動したソファに座っていた。ジャスパーは、部屋の照明をそのつど点けたり消したりする習慣には無頓着だった。だからといって常に私ばかりが気を回して電気を点けたり消したりするのは、内面化した女性への抑圧構造の実践だと私は自分に言い聞かせていた。ソファに座って安らかな死について話をしたとき、部屋じゅうに使えるランプがたくさんあったにもかかわらず、私たちがほぼ完全なる暗闇のなかにいたのはそのせいだ。このがんが引き起こすかもしれない、痛みに満ちた屈辱的な死を恐れる私に対して、ジャスパーはこう答えた。「いや、僕たちみんなでそんなことが絶対に起こらないようにするよ」。私はもちろん彼を信じ、さまざまなリスクはあるにせよ、友人たちは私が欲する通りの死に方ができるよう助けてくれるはずだと感じた。なぜなら私の友人たちは、私が病気の間ほとんどいつも信頼のおける、寛大で機知に富んだふるまいをしてくれたから。そんな友だちを後に残して永遠に去るのかと思うとむしろそのことに泣けてきて、私は自分の部屋に駆け込んだ。

私が泣いていたのを彼に気づかれていないことを祈った。声も出さず、真っ暗闇のなかでの涙だったが、彼にはときどき、人の顔に現れるものを読み取ってしまうような賢さがあった。わずか一分後には、私を追って部屋まで来たジャスパーの姿がそこにあった。まったく説得力のない無駄な抵抗だったが、高く張り詰めた声で「大丈夫だから！」と私は言った。大丈夫ではなかった。こういうときはテレビでも観るといいよ、と彼は提案した。

そして私たちはテレビを観た。リビングでぼんやりとチラつく『ブラック・ミラー』[*2]の画面を見ながら、私は早世した女性の書き手たちのこと、もっと長く生きて欲しかった女性たちのことを考えていた。メアリー・ウルストンクラフト［（一七五九―一七九七）イギリスの社会思想家、フェミニスト］は、三十八歳で娘のメアリー・シェリーを出産した後に亡くなった。十九世紀のペルー系フランス人社会主義思想家であるフローラ・トリスタンが亡くなったのは四十一歳。フランスの労働者階級の人々を組織化しようと尽力し、疲れ果てて死んでしまったのだ。哲学者マーガレット・フラー［（一八一〇―一八五〇）アメリカのジャーナリスト。女性の権利活動家］は四十歳だった。ファイヤーアイランド沖で溺れ、「ほどけた髪が白いドレスにかかり、顔はアメリカの方を向いて」亡くなった。彼女の最期の言葉は「私の前にはただ、死あるのみ[1]」。

病気になる前の私にとって、それらの死んだ女性たちによる作品は仲間のような存在だった。

彼女たちは世界の新しい構造を思い描くことで、世界の真の可能性を想像した。そして四十一歳の私はそんな書き手たちを再び呼び寄せて、生者たちの側から少しずつ自分の身を離していった。いつもそうしていたように、世界の新しい構造を空想し、そして自分の死のリハーサルをした。服を一枚ずつ脱ぐように、自分から欲望を剝がしていったのだ。私の行動は限られていき、人とのつながりも狭まった。やがて私の野心は抽象化していった。離れた場所から愛することができるようになり、それによって愛のより大きな形を想像することができた。

死すべき定め、その構造としての美しさ。私は守ってもらえなくて本当によかったのだ、と思うことに決めた。センスやお上品な感情だけで内面の経験が形成されているような、繊細でデリケートな人間にならずにすんでよかった。世界は常に本物の血を流しているというのに、自分のかすり傷をまるで大怪我のように数え上げるようなことをしていなくてよかった。社会的に守られた立場にいる者が、それを得られない状況にある者を見て、弱いのは血を流す者――血を流したことがない者ではなく――だと思うなら、それもまた別の誤った認識である。生き延びることの美しさや贅沢さを軽んじる者たちは、限りなく死に近づく経験など、ほぼしたことがないに違いない。

私は生き延びた。がんにまつわる思考の規範において、それは「サバイバー」を名乗ることを意味する。けれど私にはどうしても、そうすることが死んだ人たちへの裏切りに思えてしまう。けれど認めなくてはならない。自分がまだ生きられていることに喜びを覚えず過ぎる日は、一日たりとてない。すべてを書き残せなかったことを残念に思う。言葉にできなかったさまざまなことは、大きな軌道を描きながらいまだ空中を漂い続けている。「けれどもう、新しい問題を考えるときだ」と垂直な者が水平な者にすでに告げていた。やがてかつてはただ欠けるばかりだった月が、ようやく満ちていくのだった。

原注

1 John Matteson. *The Lives of Margaret Fuller: A Biography.* New York: W.W. Norton, 2013.

訳注

＊1 ヴェラ・ヒティロヴァー監督、当時社会主義国だったチェコスロヴァキアで製作。姉妹が映画を通して絶えず自由気ままないたずらをしかけて反乱を行う。

＊2 二〇一一年から放映されている英国のテレビドラマシリーズ。近未来を舞台とした風刺的なディストピアＳＦ。

謝辞

この本が完成するよう気にかけてくれて、会話や励まし、フィードバックや実例を与えてくれたすべての人に感謝したい。なかでも、CAコンラッド、ルイス・ジョージ・シュワルツ、ジョナサン・キッサム、エリン・モリル、ジュリアナ・スパー、ダナ・ウォード、ジャスパー・バーンズ、ダニエル・スポルディング、サンドラ・シモンズ、マグダレーナ・ズラウスキー、デイヴィッド・ブーク、アンソニー・アイルズ、ジェニー・ディスキ、アリアナ・レインズ、キャロリン・ラザード、ダン・ホイ、アマル・ダブロン、エマ・ヒーニー、エヴァン・カルダー＝ウィリアムス、ジョナ・クリスウェル、サイラス・コンソール＝ソーシャン、ジョーダン・ステンプルマン、フィリス・ムーア、ジョナサン・レセム、ジョシュ・ホン、フランク・シャーロック、ローレン・レヴィン、アーロン・クーニン、ハリ・クンズルー、ナタリア・セシリー、ジェイス・クレイトン、リサ・ロバートソン、リン・ヘジニアン、ヨハナ・ヘドヴァ、コンスタンティナ・ザヴィツァノス、マルコム・ハリス、エド・ルーカー、ジェイコブ・バード＝ローゼンバーグ、メリッサ・フラッシュマン、そしてジェレミー・M・デイヴィスに。またL・E・ロング、カーラ・ルフェーブル、カサンドラ・ギリグ、そしてヘイゼル・カーソンには特別な感謝を捧げたい。この本のなかの良い部分のほとんどが彼らのおかげだ。そして治療に際して私をケアしてくれた技術者、看護師、准看護師や助手、医師や事務職員や清掃員、EMIの皆さんと、その辛い経験をするあいだ私が安全に穏やかに過ごせるようにしてくれたすべての方々にお礼を言いたい。

ここに収録した文章の一部は「ザ・ニュー・インクワイアリー」、ポエトリー・ファウンデーションのサイト内のブログ「ハリエット」、また「リトマス」、「スイマーズ」などの媒体に掲載された。「消耗した生」の章は、EMPAC[*1]で開催されたパトリシア・レノックス＝ボイドの展示のために依頼されたプロジェクトの一部として書かれた。ケアについての文章と思考の一部は、ブリティッシュ・コロンビア州看護師組合のカンファレンスでの講演がもとになっている。キャシー・アッカーについての文章の一部は、ニューヨーク市立大学大学院センターで行われたクリス・クラウスによる著作『アフター・キャシー・アッカー』[*2]の出版イベントでのトークを下敷きとしている。本作を世に送り出す手助けをしてくれた媒体の編集者やイベントの企画者の皆さんに感謝したい。

私の思考のかなり多くの部分は、ソーシャルメディアやメールでのやり取り、そして朗読会やイベントの後の会話から生じたものだ。対話してくれた寛大な人たちすべて――そのうちの多くは病気や障害など私と似た経験をしていた――にお礼を言いたい。私に世界を理解する機会を与え続けてくれたことに。また、乳がんにかかわるオンライン・コミュニティを作り上げている何千もの人たちにも感謝の気持ちを伝えたい。彼女たちによるメール、フェイスブックの投稿、ツイートやVログ、そしてフォーラムへの投稿——すべて無償で、他者を助けることを目的になされている——は、私が自分の経験を理解する上で欠かせないものだった。そのなかでも特に、クープディズルやクリスティーナ・ニューマンのように自身の人生を動画で共有してくれた人たちは、病気の治療中もその後も私に大きな影響を与えてくれた。

本作は、カンザスシティ美術大学のファカルティ・ディベロップメント助成金とポエッツ・イン・ニードからのフィリップ・ウェイレン助成金により実現した。私の作品を評価し、この本を完成させるために必要な物質的支援を提供してくれたホワイティング基金、現代芸術財団[*3]、ケンブリッジ大学のジュディス・E・ウィルソン基金にも感謝したい。

訳注

＊1 EMPAC（Experimental Media and Performing Arts Center）は、ニューヨーク州トロイのレンセラー工科大学内にあるアートの研究・発表・作品制作などを行うための施設。

＊2 Chris Kraus, After Kathy Acker. Semiotext(e), 2017.

＊3 Foundation for Contemporary Arts

訳者あとがき

本書は、詩人でエッセイストのアン・ボイヤー（Anne Boyer）による著作“*The Undying: Pain, Vulnerability, Mortality, Medicine, Art, Time, Dreams, Data, Exhaustion, Cancer, and Care*”の翻訳である。そう、原題には「痛み、脆さ、死すべき定め、医療、芸術、時間、夢、情報、疲労、がん、ケア」という長い長い副題がついている。邦訳では「アンダイング」というメインタイトルの英語自体が馴染みがない単語であることから、その意味を補足するものとして「病を生きる女たちと生きのびられなかった女たちに捧ぐ抵抗の詩学」という日本版オリジナルの副題を掲げたが、原題で挙げられた単語のひとつひとつが、この本で取り上げられる重要なテーマとなっていることは、すでに本文を読まれた方はおわかりになるだろう。

著者のアン・ボイヤーは二〇一四年に乳がんと診断され、米国の医療制度のもとで治療を受けながら本書を執筆した。しかし、この本を「闘病記」と呼ぶのは適切ではないだろう。病気との「闘い」の比喩は、自ずと勝者と敗者としての生者と死者という構図を想起させる。限りなく死に近づいたという実感と、過酷な治療を経て失ったものの大きさを抱えて生きていくボイヤーは、死んでしまった人たちと自分の間に線を引くことができない。彼女は自らを「死なずにまだ生きている者」と位置づける。これがタイトル『アンダイイング』の意味するところだ。診断と治療についてのボイヤー自身の記録は本書の重要な構成要素だが、この本の目的は個人的な語りを展開することではない。ここではむしろ、乳がんを記述する昨今の回想録や手記において主流となっている、ネオリベラリズム的な自己管理やアウェアネス（気づき）に基づく個人的な語りへの抵抗が試みられる。プロローグでは、スーザン・ソンタグ、オードリ・ロード、キャシー・アッカーなど、乳がんで亡くなった有名な女性作家たちをひとりずつ呼び出すように登場させ、彼女たちが乳がんと自身についてどのように書いたのか、あるいは書かなかったのかが、示されていく。「（乳がんによる）苦痛は、病気それ自体についてのものだけではなく、病気について書かれたことや書かれなかったことについて、またはそれについて書くべきか書かざるべきかについて、あるいはいかに書くべきかについてにまで及ぶ。乳がんは、それ自体が形式を乱す問いとして現れる病気なのだ」。一般的な乳がん文学での語りの「形式を乱す」実践として、ボイヤーは副題に挙げられた単語のすべてをもってしても網羅しきれないほどたくさんの要素を、一人称の語りの間に織り込んでいく。それは、がん治療にまつわるさまざまな経験を、集団的かつ政治的なもの、歴史的に構築されてきた環境におけるできごととして、とらえなおす試みでもあるだろう。

続く各章がそれぞれ異なる機会に書かれたテキストから発展したものであることは、著者による謝辞でも明らかにされている。雑誌やウェブサイトに掲載される記事として書かれたテキストもあれば、医療や文学にまつわるコンベンションやイベントでの、講演やトークの原稿が下敷きになっているものもある。それぞれに少しずつ異なる筆致と文体で書かれる各章では、告知と治療を受けること、病人でいること、がんをめぐる嘘と欺瞞、痛みの表現可能性、疲弊して生きることなどについての考察が展開される。扱われるテーマもさまざまなら、そのなかで比喩的に用いられ、引用される対象の時代やジャンルも多岐にわたる。二世紀の弁論家アエリウス・アリスティディスや、形而上派詩人のジョン・ダン、死の瞬間を描いた名画のいくつか、イギリスの作家D・G・コンプトンの『連続的キャサリン・モーテンホー』とその映画化『SFデス・ブロードキャスト』、乳がん治療の記録を投稿していたクープディズルのYoutubeチャンネル、フェリーニの映画『カビリアの夜』のジュリエッタ・マシーナ。一貫した一人称の語りによる時系列的な経験の記録、という病気にまつわる物語の規範を裏切るように、ボイヤーのテキストにはたくさんの声や姿が重なっていく。

さらに一般的な乳がん文学から省かれがちな部分を、ボイヤーは書く。トリプルネガティブ乳がんという非常に攻撃的な病気と診断された、裕福ではない働く母親であり、婚姻や血縁関係にある者からのケアを受けることのできない立場にある女性としての経験を基盤に、がんとその患者をめぐる環境に冷静で批判的な視点を向けるのだ（米国では早期退院が一般的で、乳房温存手術の場合は手術当日退院、切除手術をした場合も合併症などがない場合は翌日退院し、日常生活に困難を抱えながら自宅療養を強いられる。乳房温存術の場合は術後三〜七日、切除手術の場合は術後七〜十日の入院が平均的である日本の医療制度と比べると、患者の肉体的、精神的、経済的負担はかなり大きい)。製薬会社や営利追求の医療による利権争い、汚染された空気や水、発がん性のある食物、ピンクリボン運動の残酷なまでの企業キャンペーン化、健康であることや病気の治癒を個人の責任や努力、前向きな姿勢と過度に結びつける文化的言説。彼女の十四歳の娘が言う「アンを病気にした世界」と「世界が世界にしてきたこと」の輪郭がはっきりと見えてくる。

「いまあるこの世界のプロパガンダを広めるくらいなら、むしろ何ひとつ書かないほうがましだ」とボイヤーは作中で宣言する。エピローグでは、彼女がこの本をどのようなものとしてこの世界に存在させたいと望んでいたのか、その思いが記されている。「私が書くことで、墓石の下の地面を開くことができるならそうしたいという思いもあった。死んだ女性たちからなる反乱軍を、この世に生き返らせたかった」。『アンダイング』は、死んでしまったことによって語ることを許されなかった女性たちと共に書かれた、反骨の書と言えよう。

アン・ボイヤーはカンザス州で生まれ育ち、現在もアメリカ中西部に拠点を置く。作中でも教壇に立つ場面が何度か描かれていたが、二〇一一年からカンザスシティ美術大学で准教授を務めており、創作と文学、理論などを教えている。これまでに数冊の詩集や詩のチャップブックを刊行したほか、散文詩によるメモワール(回顧録)『女性に抗する衣服(*Garments Against Women*)』(二〇一五)と、実験的なスタイルのエッセイ集『裏切られた運命のハンドブック(*A*

Handbook of Disappointed Fate)』(二〇一八)の二つの著作により、高い評価を得た(いずれも未邦訳)。続くこの『アンダイング』は、「病気の過酷さと米国の資本主義的がん治療についての、巧みで忘れがたい語り」と評価され、二〇二〇年にピュリッツァー賞(一般ノンフィクション部門)を受賞した。

『女性に抗する衣服』の裏表紙に寄せられた詩人リサ・ロバートソンの言葉が、書き手としてのボイヤーを端的に説明している。「物事によく気づき/メモを取る政治思想家。社会的な行動と韻律の動き、その両方のムーブメントの数々を発明する人」。『アンダイング』にも共通するが、ボイヤー作品のベースにあるのは、女性として、シングルマザーとして、不安定な生活を送る労働者として、現代の米国社会を生きる彼女の個人的な経験である。それがテキストを構成する要素のひとつとなり、そこにさまざまな情報や考察などの要素が編み込まれることで、彼女が直面せざるを得ない物質的・精神的な問題が、いかに歴史的・社会的に構築されたものであるかが明らかになる。

そうした語りのスタイルに加えて、ボイヤーの作品を唯一無二なものにしているのが、彼女自身が「詩人であることの実践」と呼ぶものである。それはボイヤーの表現方法や文体にあきらかなだけではなく、題材となる事象へのアプローチのしかたにも反映されているようだ。ボイヤーは『アンダイング』の原著が刊行された時期のあるインタビューでこう語っていた。「詩人はときに野生の独学者であり、永遠のアマチュアです。詩人は天体物理学や政治を学び、何事でもプロになることはできませんが、常に世界全体について疑問を持つことを主張するのです」。最新のインタビュー（二〇二三年二月にブエノスアイレスで行われた詩のフェスティバルに参加した際のもの）でも「私は、何よりまず詩人です。これから先もずっと」としたうえで、次のように語っていたのが印象深い。

私が書き手として成熟するほどに、どんなものを書いていても、そこに詩人が出てくるタイミングを見極められるようになってきました。私の使う文体のなかの、ほかの種類の側面が支配的になるときもわかります。それらは継ぎ目のないスムースなものではなく、両者の間には押し引きがあると思います。私のエッセイ的なあるいは知的な側面や世界を解釈するやり方が、それでも私が保ち続けようとするもの、つまり詩人から生まれる発明的な思考やリリシズムを蝕んでしまうのではないかと、常に用心しているようなところがあるのです。

『アンダイング』の翻訳で最も苦労したことのひとつは、この「詩人から生まれる発明的な思考やリリシズム」をいかに損なうことなく、読み手に届きうる言葉にしていくかという点だった。著者による造語と思われるもの、専門的な語や名称を用いた比喩など、私自身の理解が及ぶまでに時間を要した箇所も多数ある。意味やわかりやすさを重視したところも、表現を活かすようダイレクトな翻訳に努めたところもある。最終的な判断は訳者にあるが、詩人が詩人であるがゆえの実践をなるべく忠実に読者に伝えられていることを祈るばかりだ。

私事になるが、初めてボイヤーの『女性に抗する衣服』を読んだときの衝撃は忘れられない。資本主義社会における女性の労働、機会の不平等と不安定な生活のなかでの創作活動にまつわる散文詩の数々は、切実かつ寓話的で、ほかの多数の作品の引用や言及に富み、実験精神にあふれている。特に「書かないつもり」の小説やメモワールの内容を詳細に説明し、「書く予定」の本の目次だけを並べるいくつかの詩。書かれるべきであるのに文学的価値を認められない、存在することができない書物が、その不在を書くことで浮き彫りになるさまに心惹かれた。著者独自の表現を突き詰めるなかで培ってきたであろう、語りの形式や文体のユニークさは刺激的だった。数年後に下北沢の書店B＆Bで「三十代の土曜の朝 または個人的な／ではない私の生を書くスタイル」というテーマを設定して店頭フェアをさせてもらった際に、この本を選書した。里山社の清田麻衣子さんがそれを見つけてくださり、『アンダイング』翻訳について声をかけてくださった。

著者が乳がんの診断と治療を経験して書いた作品と聞いて、最初は私が訳すべきなのだろうか、とも考えた。親類や知人など周囲を見れば、自分もがんという病気に縁がないとは言えない（これはかなり多くの人に当てはまることだろう）。けれど私自身は死を意識するような病気やその治療を経験したこともなく、また米国の医療の体制や医学について特に知識がある訳でもない。自分で良いのだろうかと戸惑いを覚えもした。しかし読み始めてすぐに、そうした懸念や不安を抱えつつも、ぜひこの本を訳してみたいという思いに駆られた。これまでさまざまな形で〈乳がんと私〉を書いてきた／書かなかった女性の書き手たちを取り上げながら、乳がんを「形式を乱す問い」であるとするプロローグ。がんについての手記や回想録という分野において「作品の動力である形式」が評価の対象になりづらいことを嘆き、この本には「主流ではない形式をとった、回復の魔法」になってほしかったと書くエピローグ。私がいち読者として最も心を動かされたのは、ボイヤーのこの形式に対するこだわり、スタイルの持つ力で規範を転覆するような試みへの探究心だ。それこそが、この本におけるもうひとつの意味で「アンダイング」なもの、消えることなく燃え続ける情熱であるように感じた。

翻訳にあたっては、里山社の清田さんに最初から最後まで全面的に助けていただいた。未熟でこの上なく仕事の遅い訳者を常にリードしてくださったことへのお礼は言い尽くせない。お互いに本作を執筆時の著者と同年代でもあり、ときに自分たちの生活や仕事の状況、心身の不調についてのやり取りを交えつつ訳文を検討する作業を進められたことも、私にとっては楽しく豊かな経験だった。

訳稿の段階で全体に目を通してくださり、帯に言葉を寄せてくださった新田啓子さんに厚くお礼を申し上げたい。原文中の表現や単語の使用についての質問にも丁寧に回答してくださり、さらに本書のテーマについての示唆に富むコメントや、日本での刊行に向けて励ましのお言葉をいただけたことは何より心強かった。また校閲の小島泰子さんは医療の分野をはじめ多岐にわたる領域を非常に精緻に調査してくださった。特に乳がん治療の処置や診断についての記述の訳出や注釈の完成度を著しく高めていただいた。加えて訳文に対する貴重なご助言やご提案を数多くいただいたことにも心からの敬意と感謝をお伝えしたい。

西山敦子

著者略歴

アン・ボイヤー

詩人・エッセイスト。2018年現代芸術財団のサイ・トゥオンブリー賞（詩部門）の初代受賞者となり、同年にホワイティング賞（ノンフィクション／詩部門）を受賞した。これまでの著作に『裏切られた運命のハンドブック（A Handbook of Disappointed Fate）』があるほか、2016年にCLMP (the Community of Literary Magazines and Presses) からファイヤークラッカー賞を贈られた『女性に抗する衣服（Garments Against Women）』などいくつかの詩集を刊行している。本書にて、2020年ピュリッツァー賞（一般ノンフィクション部門）受賞。カンザス州で生まれ育ち、公立の学校と図書館で学んだ。2011年からカンザスシティ美術大学で教えている。ミズーリ州カンザスシティ在住。

訳者略歴

西山敦子

1978年生まれ。慶應義塾大学大学院修士課程（米文学専攻）修了。静岡県三島市で「詩を持ち寄る日」「手を動かす日」などの集まりを開催するオルタナティブスペースCRY IN PUBLICを共同運営し、2018年、みずから主宰する出版レーベルC.I.P. Booksより、ケイト・ザンブレノ著『ヒロインズ』を翻訳、刊行。その他訳書に『ヴァレンシア・ストリート』（太田出版）、映画字幕翻訳に『ザ・フューチャー』（ミランダ・ジュライ監督）など。オードリ・ロードの著作集とブラックフェミニスト集団コンバヒーリバー・コレクティヴ関連書の翻訳出版を予定する「Political Feelings Collective」のメンバーでもある。

アンダイング
病を生きる女たちと
生きのびられなかった女たちに捧ぐ抵抗の詩学

2023年7月13日　初版発行

著者　アン・ボイヤー
訳者　西山敦子
装画　横山 雄
装丁　名久井直子
組版　有限会社トム・プライズ
発行者　清田麻衣子

発行所　合同会社里山社
〒812-0011
福岡県福岡市博多区博多駅前2-19-17-312
電話　080-3157-7524
FAX　050-5846-5568
http://satoyamasha.com

印刷・製本　モリモト印刷株式会社

ISBN 978-4-907497-19-4 C0098